S級パーティーから追放された狩人、実は世界最強
2
～射程9999の男、
帝国の狙撃手として無双する～
茨木野
絵 へいろー
モンスター文庫

ガンマ・スナイプ
狩人

剛剣のヴィクター
魔蟲族

「ふぇ、ふぇりふぁ……いふぁい……」
メイベル・アッカーマン
胡桃隊の魔法使い
リコリス
妖精
フェリサ・スナイプ
狩人
「ふぇ、フェリサ……中身出るからやめて……」

S級パーティーから追放された狩人、実は世界最強
～射程9999の男、帝国の狙撃手として無双する～②

茨木野

MONSTER
bunko

CONTENTS

1章

改造人間の事件から、半月が経過したある日のこと。

俺、メイベル、オスカー、そしてリヒター隊長は、帝都郊外へとやってきた。

離れたポイントから、敵の様子を見やる。

狩人のスキル・鷹の目。

鳥瞰を可能とするスキルだ。

「どうだい、ガンマ君。敵の様子は？」

俺の隣にいるのは科学者風の女、リヒター隊長。

離れた村の中には、黒くうごめく巨大蟲が複数体いる。

魔蟲《まちゅう》。通常の魔物の何十倍もの巨体を持ち、人間を捕食する、人類の敵だ。

俺……ガンマ・スナイプは帝国軍、対魔蟲用部隊、胡桃隊に所属している。

いつもなら、あの魔蟲どもを見つけ次第、狙撃していた。

だが……今日は違う。新型のテストだ。

「狙いどおり、敵はダミーにおびき寄せられてます」

「ひっひ、よしよし。誘魔ガスが作用してるみたいですねぇ」

誘魔ガス。リヒター隊長が作り出した新型兵器だ。

今、魔蟲たちがいる村は廃村、中には人がいない。

だというのに、蟲たちは集まってきている。

「魔蟲の雌が放出するフェロモンを解析し、その成分を空気中に散布することで、蟲どもを集める仕組み……ドンピシャですぅ……♡」

このガスが運用されれば、蟲たちをもっと処理しやすくなる。

こないだの改造人間の一件以来、リヒター隊長は、より新型兵器の開発に熱が入っているそうだ。マリク隊長がそう言っていた。

敵側に兄……ジョージ・ジョカリがいることで、リヒター隊長は対抗意識を燃やしてるのだろう、と。

「さて、メイベル君。敵はしばらくあのポイントから動かない。周りの敵はガンマ君が、近づいてきた敵はオスカー君が駆除してくれる。だから君は、遠慮なく新型の魔導人形《ゴーレム》をためしたまえ」

「はい！」

メイベルがうなずくと、手に持っている黒い杖を振る。

魔蟲の素材で作られた新しい杖。

さらに、彼女の左腕には、腕輪がつけられていた。

彼女が軽く振るだけで、地面から大量の魔導人形が出現する。

メイベル・アッカーマン。俺を帝国軍にスカウトしてくれた、学生時代の友人だ。

彼女は土魔法を得意としている。土を操り形・材質を変える魔法。

メイベルが作った土人形……魔導人形。その数は一〇体。

「武装、展開……！」

メイベルの左腕の腕輪が光る。

その瞬間、彼女の足下から、ずおっとコンテナが出現した。

魔導人形たちはコンテナから銃、そしてアーマーを取り付けていく。

黒い鎧に、黒い銃で武装した魔導人形たち。

「いっけー、強化魔導人形《エンハンス・ゴーレム》たち！」

がちゃがちゃと音を立てながら、メイベルの魔導人形たちは廃村へと進軍していく。

「しかしすごい技術だね、その腕輪。魔法を一時的にストックしておけるなんて」

オスカーがコンテナを見ながら感心したように言う。

リヒター隊長も何度もうなずく。

「魔蔵庫《まぞうこ》。魔法を一時的にストックしておく魔道具なんて、思いついても実現できる人間はいませんからねぇ。やはりあの人も、天才ですねぇボクとは別ベクトルで」

魔蔵庫に、メイベルの姉アイリス隊長の使う影の魔法をストックしておく。

影のなかにものを収納しておき、現地で魔導人形たちに武装させ運用させる。

「やはりガンマ君は面白い発想しますねぇ。目がいいだけあって、発想も目の付け所がいい」

「すごいよ、ガンマ！」

仲間たちから褒められると、うれしい。このチームは前のパーティと違って、俺の意見をきちんと聞いてくれる。

……まあ、メンバー同士でのコミュニケーションの必要性を教えてくれたのは、前のパーティだった。

だから、あんまり前の職場を悪く言えないでいる。

「いや、俺はアイディア出しただけですし、作った人たちが一番すごいですよ」

何はともあれ、強化された魔導人形たちは村へと到着。

誘魔ガスの効果で動かない魔蟲たちを取り囲む。

「このガスには中枢神経を麻痺させる効果があります。この程度の雑魚魔蟲なら、身動きがとれなくなりますよぉ」

「よし！　撃てー！」

魔導人形たちが持っている銃で、蟲たちを一斉掃射。

銃。帝国が空を飛ぶ魔蟲と対抗するために開発した、新世代の武器。

火薬で鉄の弾を飛ばし、敵にダメージを与える。

これの一番いいところは、上手い下手に差が生まれにくいところ。

どんだけ不器用でも、銃を持たせれば、あっという間に強い兵士のできあがりだ。

「盲点でしたねぇ。銃は人間用に開発したので、人間が扱えるレベルに威力を下げてましたがぁ、魔導人形に持たせるとなれば、別にそれを気にしなくていい。ゆえに……」

ドバッ……！　と周囲に銃弾が広がって、蟲どもを穴だらけにする。

「火薬量を増やせば反動がきつくなる。人間が使えば腕がボロボロになりますがぁ、魔導人形が使うとなれば話は別。大量の火薬と、大量の銃弾をこめて一気に発射する。散弾銃とでも名付けましょうかねぇ」

散弾銃は一度の射撃で蟲の体を穴だらけにした。そして……倒れ込む。

「やった！　命中だよ！　ガンマすごい！」

メイベルの肩に俺が手を置いてる。

スキル視覚共有。俺が手で触れてる相手と、視覚を共有できるスキルだ。

メイベルは魔導人形を操ることができる。だが魔導人形と視覚は共有できない。

遠隔でせっかく操作できるのに、視界内でしか使えないのはもったいないと思った。

そこで、このやり方を俺が思いついたのだ。

鷹の目をメイベルと共有させる、そして銃で武装させる。

それにより、今まで以上に安全に、敵を倒せる。

「ふっ……やはりガンマは戦術面で頭一つ抜けてるね。さすが生粋の狩人」

「あんま気を抜くなよオスカー。魔蟲族が近づいてきたら、おまえの出番だからな」

「ボクの出番はなさそうだけどね」

あっさりと、メイベルの魔導人形によって、廃村に集まっていた魔蟲たちは全滅した。

「任務終了」

「ふぅー……お疲れさま！」

メイベルが笑顔で、俺に手を向けてくる。

ぱんっ、と俺たちは手を合わせた。

その様子をオスカーがニヤニヤした表情で見てくる。

「ん～？　なんだいなんだい、いつの間にそんな仲良くなったのかね？　もしかして付き合ってるとか？」

「い、いやいや！　ないない！　付き合ってるなんて……そんな……ね、ガンマ？」

オスカーから茶化され、メイベルが顔を真っ赤にしながら聞いてくる。

「ああ。付き合ってないよ」

「むぅ……あっさり肯定しすぎだし……まあ、付き合ってないのは事実だけどさぁ～……」

「？」

何を不機嫌になってるんだろうか。

一方でご機嫌なのは、リヒター隊長だった。

「うんうん！　いいデータがとれた！　ひひっ！　やはり人形と銃の組み合わせはいい！　今は天才メイベル君がいないとできない作戦だけど、いずれは誰でも簡単に操れる魔導人形を作れるようになれば、もっともっと楽に魔蟲を倒せる……！」

確かにあれほどまでに精密な、魔導人形の操作は現状、メイベルにしか行えない。

けれどリヒター隊長の言っていたとおりのことができれば……狩りがもっともっと楽になる。

魔蟲だけじゃない。将来的に帝国以外にもこの技術が伝われば、モンスターの脅威に人間が怯えなくて良くなる……。

俺はもしかして、時代の変わり目に、立ち会ってるんじゃなかろうか。

「撤収かね？　やれやれ、ボクもガンマも出番なしだったね」

「いいことじゃないかオスカー。戦いがないなら、それが一番……」

と、そのときだ。

「待った。魔蟲族です」

鷹の目には、廃村にやってきた敵が映った。

そこにいたのは、人間のフォルムをした、しかし蟲のパーツを持つ異形種。

彼らは、魔蟲族。魔族の残党が進化した存在だ。

神威鉄《オリハルコン》以上の堅さを持つ外皮に、高速での飛翔を可能とする翅。

そして知性を持ち合わせている。

「赤いトンボ型の魔蟲族です」

「前に合宿所を襲ってきた、ドラフライとか言うやつですかねぇ」

蟲どもは、一度にたくさんの子供を産む。

だから似たような個体が複数体存在するそうだ。……少なくとも、雑魚は。

「駆除します」

俺は右手を前に出す。黒い指輪が光ると、俺の手に黒い弓が出現。

魔蟲族の素材で作られた、特別に強い弓だ。

「…………」

今までの俺は、じいちゃんからもらった弓を壊さないよう、力をセーブしてきた。

けれど、それじゃだめだと気づかされた。武器は敵を倒すためにあるもの。

そしてこの大量消費・大量生産が基本の帝国に来て、一つわかったことがある。

武器は相棒でもある一方で、消耗品でもあるということを。

「シッ……！」

俺は黒い弓を力一杯引いて放つ。

魔法矢、ではない。通常の矢を放った。

それは放った瞬間音を置き去りにし、びゅんっ！　と弦が震えるのと同時に魔蟲族を消し飛ばした。

地面に深々と矢が突き刺さり、クレーターを作る。

「駆除完了しました」

「あいかわらず馬鹿げた狙撃力だねぇ。しかも魔蟲族を一撃で、なおかつ得意の魔法矢じゃなく通常の矢で倒すなんて、前代未聞だよ。悔しいけど狙撃じゃ君に勝てん」

オスカーが俺に惜しみない拍手を送る。

俺を認めてくれる仲間。そして……頼れる技術屋のみんな。

ああ、やっぱり帝国に来て良かった。

その後、俺たちは魔蟲の死体を回収しに、村へと向かう。

メイベルの魔導人形たちが魔蟲を運んでいく。

「うーん……」

「どうしたんですか、リヒター隊長？」

完勝したというのに、隊長の表情は渋い。

見下ろしているのは、俺が作ったクレーター。

「ガンマ君……君、力抜いたでしょ？」

「え？　わかるんですか」

「うん。君が改造人間の巣を吹っ飛ばした、全力全開の一撃《マックス・ショット》。あれを見てわかったんだけど、ガンマ君は思った以上に膂力がある。でも、君の力に武器が耐えられない」

さっき俺が使った黒い弓も、俺が放った後にぶっ壊れた。

また、魔蟲族をぶち抜いた魔蟲製の矢も、ない。

「まさか矢が空中の摩擦熱で溶けてしまうとはね。矢で射貫いたというより、衝撃波で吹っ飛ばしたが正解か」

「ま、魔蟲製の武具を壊すなんて、あいかわらず規格外だね、君は」

オスカーがびびってる。彼は前から魔蟲と戦ってきてるので、やつらの外皮がいかに堅いかを身をもって知ってるのだろう。

リヒター隊長はうんうんとうなる。

「どうすれば君に合う最高の武具が作れるか……そもそもボク、弓って作ったの初めてなんですよねぇ」

「え、そうなんですか？　でもその割にはしっかり弓として機能してて、使いやすいですよ」

「ボク、マニュアル読めばだいたい作れるんですよぉ。ただしかし、これ以上を作るなら、より専門的な弓制作の知識が必要ですねぇ」

「弓制作の知識……ですか」

オスカーが手を上げて言う。

「そういやガンマ、君が最初から持ってるあの弓って、自分で作ったのかい？」

「いや、あれはじいちゃんが作ってくれたんだよ。じいちゃんは、手先が器用でさ」

なるほど……！　とリヒター隊長がうなずく。

「それだ！　ガンマ君、ぜひ君の故郷へ連れて行ってくれ！　君のおじいさんに、弓作りを教えてもらいたいです！」

俺の故郷……か。

そういえば最近帰ってないな。妹の様子も気になるし……。

「わかりました」

こうして俺は、一度故郷へと帰ることにしたのだった。

☆

任務を終え、俺は帝都へと帰還した。

帝都カーター。その中央には大きな白亜の塔がある。

皇帝陛下の住まう城だ。

俺はマリク隊長とともに、皇帝の待つ謁見の間へとやってきていた。

椅子に座るのは、銀髪の美青年。

彼の名前はアンチ＝ディ＝マデューカス。

このマデューカス帝国の現皇帝だ。その隣にはアルテミス王女もいる。

「呼び立ててすまないね、二人とも忙しいのに」

「いえ！　陛下、うちのガンマに、一体どのようなご用でしょうか？」

俺の肩の上に座っている、サングラスをかけたリス。

このリスが、俺の所属する胡桃隊の隊長、マリク・ウォールナットさんだ。

普段ひょうひょうとしてるセクハラ親父なのだが、さすがに皇帝の前ということで緊張している様子。

アンチ皇帝は微笑みながら、気さくな調子で話しかけてくる。

「そう硬くならなくていいよ。ガンマ君、先日はお手柄だったね。アルテミスから聞いたよ、改造人間の実験施設を破壊したって」

「すごい活躍だったのですよ、お父様っ」

アルテミス王女が興奮気味に言うも、父であるアンチ皇帝は苦笑しながら言う。

「君は現場にいなかっただろう、アルテミス」

「うう……胡桃隊に同行できないのが歯がゆいです……」

胡桃隊はアルテミス王女の私設部隊だ。

しかし、王女を戦場に連れて行くことはできない。

だから、どうしてもお留守番になってしまうのである。

「ガンマ君の迅速な対応があったおかげで、帝国は未曾有の危機から救われた。感謝するよ」

「も、もったいなきお言葉‼」

「しかし、本当に危ないところだった。改造人間があのまま気づかれず、世に出てしまったら、胡桃隊がいるとは言え危険だった」

確かにメイベルの捕まっていた研究施設には、かなりの数の実験体があった。

だが、いかんせん解せない。

「ガンマ君も疑問に思ってるようだね。今までなぜ見つからなかったのかって」

「はい。帝国の領地内で、そんな大規模な実験をしてたら、まず間違いなく皇帝陛下の耳に情報が入っていたでしょう」

「にもかかわらず、あれだけ大きな実験施設が秘密裏に建造されていた。なぜだろう。君はどう思う？」

アンチ皇帝が微笑んだまま俺に聞いてくる。

だが陛下の目はじっと俺を見つめてきた。

……試されているんだと思う。

ぐるりと、俺は部屋を見渡す。ないことを確認してから、言う。

「おそらく、軍に敵側の内通者がいるのかと」

「……内通者、か。おまえはいると思うのか？」

マリク隊長がそんなに驚いてるようには思えない。多分彼も可能性には気づいていたんだろう。

「そうです、隊長。現にリヒター隊長のお兄さんが、蟲側についています。他にも蟲に加担してるやつらがいても不思議ではありません」

俺は皇帝陛下を見やる。

陛下は満足したようにうなずいてる。

アルテミス王女はキラキラした目を俺に向けてきた。

「やっぱりガンマは聡明ですね。さすがです！」

「ありがとうございます」

しかし陛下も裏切り者の可能性に気づいていたようだ。

考えてみれば軍はでかい組織、どこかに腐ってる部分があってもおかしくはない。

「我々の敵は蟲だけにあらず。だから慎重に行動せねばならない。慎重にね」

アンチ皇帝が引き出しからファイルを取り出す。

ぱさ、とテーブルの上に置いた。

ファイルの上には部外秘と書いてある。

「胡桃隊に、一つ依頼をしたいと思ってるんだ」

「依頼……ですかい？」

「ああ。マリク君。人員の選出は君に一任する。可及的速やかに、現地へ赴き、問題を解決してきてくれ」

「はは！　おまかせください！」

隊長はぴょんっ、と机の上に乗って、ファイルを手に取る。

そして俺の下へと戻ってきた。

隊長が俺にファイルを渡してくる。

俺たちは一緒に、内容に目を通す。

「これは……」

「ガンマ君には今回の依頼にぜひ同行して欲しい。君の力が必要となるからね」

「それは……もちろん」

何せ場所が場所だからな。

俺がいた方が、スムーズに仕事が進むだろう。

にこっ、とアンチ皇帝が微笑んで言う。

「まあそれもあるが、私は君を最も信頼してる。これからも、君の活躍には大いに期待してるよ。ガンマ・スナイプ君」

皇帝からの、大きな期待。

本来なら重くのしかかるところ。

けれど、俺はこの重圧がうれしかった。

俺に期待してくれるってことは、俺の力を認めてくれることと同義だからだ。

「任せてください。任務を完遂してみせます」

「うん。任せたよ。じゃあ二人とも、下がりなさい」

俺たちは頭を下げて、皇帝陛下たちの下を去ったのだった。

☆

マリク隊長とともに、俺は帝城の地下へと向かう。

階段を下りていくと、俺たち胡桃隊の詰所があった。

開くと、地下にあるというのに、室内はとても明るい。

天才魔道具師であるマリク隊長が作った、太陽光と窓の外の景色を映し出す魔道具のおかげだ。

……まあそれなら地下ではなく、地上に詰所を用意すればいいのにと思わなくもない。

机はたった六つしかない。

俺たち胡桃隊は少数精鋭部隊なのだ。

隊員は狙撃手の俺、魔法使いメイベル、銃手《ガンナー》オスカー。

軍医のリフィル先生。副隊長のシャーロットさんに、マリク隊長。

ここに、出向という形で、別の部隊の隊長であるリヒターさんが来ている。

合計で七名の部隊なのだ。

「やはりボクは美しい。なぜ全女性はこのオスカー・ワイルダーを放っておくのだろうか……」

自信過剰で、長い銀髪の男がオスカー。

鏡を片手に自分の顔を見てうっとりしてやがる。

「バカだからじゃないの?」

赤い髪に幼い見た目、けれど成熟した体つきの女魔法使い、メイベル。

テーブルの上で粘土をこねて、新しい魔導人形の案を練っている。

「あらあら、メイベルちゃんだめよ~♡　本当のこと言っちゃ♡」

タイトスカートにボタンを四つくらいあけ、でかすぎる胸を隠そうともしない軍医のリフィル先生。

最近できたマニキュアっていう化粧品で、爪を塗ってる。

「…………」

青髪に、ぴしっと軍服を着込んだスレンダー美女、シャーロット副隊長。

一人だけ真面目に書類仕事をしていた。

「おめーら、ミーティングはじめっぞ」

マリク隊長は俺の肩からぴょんっ、と下りると、シャーロット副隊長の胸をタッチして、机の上に飛び乗る。

「タッチする必要ありますか……？」

「おれのモチベーション向上……痛い痛い痛い痛い！　シャーロット！　ごめん！　握りつぶそうとしないで！　しにゅううううううう！」

シャーロット副隊長はマリク隊長をつかみあげると、ぎゅーっと力一杯握りしめていた。

誰もとめないし、俺も同情する気が起きない。

ややあって。

「皇帝陛下から極秘任務を預かってきた。おめーら、心して聞くように」

「「極秘任務……？」」

マリク隊長が俺を見てくる。聞き耳立ててるやつがいないか確認してきてるのだろう。

普段チャラいが、この辺はちゃんとしてるんだよな。

俺は目がいいので、少しの違和感にも気づける。どうやら誰も、周囲にはいないようだ。こくん、とうなずく。

隊長もうなずいて、脇に抱えていた地図を広げる。

「……帝国外で魔蟲が確認された、という情報が入った」

「なっ⁉　それはほんとなのかい、隊長⁉」

　ぺん、とシャーロット副隊長がオスカーを叩く。騒ぐなってことだろう。

「驚くのはわかるぜ、オスカー。そう……帝国外ってのが問題だ。おめーらも知ってのとおり、魔蟲は帝国領地にある妖精郷《アルフヘイム》にしか生息しない、はずだった」

「それが帝国外でも発見された……となると、異常事態だね……」

　いつもお調子者なオスカーでも、今起きてる事態が深刻であると悟ったのだろう。

「だがまだ確証があるわけじゃない。たまたま帝国軍人が遠征中に、でかい蟲を見かけたってだけの話だからな」

「でも、それがもしほんとだったら、まずくない？」

　メイベルの言葉に、みんながうなずく。

　そばで聞いていたリヒター隊長も同意するようにうなずく。

「現状は、帝国側の軍事力が上回ってるからこそ、世界の平和は保たれています。ですがぁ、蟲どもが帝国外で湧くようになると、さすがに範囲が広すぎて守り切れませんよぉ」

「リヒターの言うとおりだ。ゆえに、我々は早急に、現地へ赴いて調査する必要がある。蟲が本当に、帝国外にいるのか否か」

　マリク隊長の言葉にみながうなずく。

　あやふやな情報、ということはまだそれほど大量に湧いていないのだろう。今のうちなら巣を潰せる。

　もっとも、その目撃情報が本当だったら……という仮定の話だが。

「今回の調査は少数で行ってきてもらう。あとガンマの参加は確定してる」

「おや、どうしてだい？」

「発見された場所が場所だからな」

　マリク隊長が、てしてし、と自分のふさふさ尻尾で地図を叩く。

「場所はゲータ・ニィガ西端の領地、人外魔境《スタンピード》。……ガンマの生まれ故郷だ」

　ぎょっ、と全員が俺を見てくる。え、なんでだ？

「あ、あらぁ、人外魔境って人の住めない、恐ろしい荒野って聞いたけど？」

「そうだ、リフィル。ただ、少し前に領地改革が行われて、多少人が住めるようにはなったらしい。それでも危険な魔物がうろつく土地だ。心して任務にとりかかってほしい」

「ふぅん……メンバーはどうなってるのかしら？」

　リヒター隊長がひょろ長い手を上げて言う。

「ついていきますよぉ。ちょうどガンマ君のおじいさんに、用事がありますからねぇ」

　俺専用の武器である、弓の作製を、弓職人でもあるじいちゃんから習いたいらしい。

　まあ科学分析官でもあるリヒター隊長がいた方がいいのは確実だ。

「あとは一人だな。おれはここに残って指揮を執る。誰が行くかは……」

「「はいはいはーい！」」

メイベル、リフィル先生、そしてシャーロット副隊長が手を上げる。

「ガンマが行くならあたしも行きたい！」

「お姉さんも、ガンマちゃんと旅行いきたいかなーって♡」

「……遊びじゃないんですよあなたたち。浮ついた気持ちで行っては怪我します。ぜひとも、私が同行したいです」

女性陣が強く主張している。

オスカーはフッ……と笑う。

「仕方ないね、この銃の名手、オスカー・ワイルダーが……」

「「おまえは引っ込んでろ」」

「ひどい！」

なんだか知らないが、女性陣がお互いにらみ合っている。

「遊びじゃないんだよ、二人ともっ」

「あらあら、メイベルちゃんってば、ガンマちゃんの実家に行って、ご両親にアピールチャンスとか思ってるの～？」

「ち、ちちち、ちがいますよぉ！　そんなやましい気持ちなんてこれっっっっっっぽっちもありません！」

「……では公平に、じゃんけんということで」

「「異議なし！」」

三人が鬼気迫る表情でじゃんけんをしている。

なかなか勝負が決まらないらしい。

「みんな、任務に燃えてるんだな」

「いやいや、ガンマ君。任務とか関係ないですよぉ。君と一緒に旅行いきたいんですよ、あの人たちはぁ」

「え？　なんでですか、リヒター隊長？」

「……君はもう少し、女心を学んだ方がいいですねぇ」

☆

極秘任務のため、俺は実家のある人外魔境へと里帰りすることになった。

出発前夜。

俺がいるのは、帝国軍人用の単身寮だ。

軍に所属してるだけで、ただでこの部屋が利用できる。

単身用なのに１ＬＤＫ、しかも築年数も新しい。ほんと、これでタダとは恐れ入った。

俺がリビングで手紙を書いているときだった。

コンコン……。

「ん？　誰だ、こんな時間に」

帝都に越してきたばかりで、俺の部屋を訪れてくるような友人はいない。たまにオスカーが自慢話をしにくるくらいか。

でもオスカーのやつは合コンとか言ってたし……誰だろう。

「はい……って、メイベル」

「や、やっ！　ガンマっ。その……き、きちゃった♡」

メイベルは赤いスカートに袖なしのシャツ（フリル付き）、赤い丸帽子をかぶっている。

妙にめかし込んでるな。

「どうした？」

「その……あの、夕ご飯、まだ？」

「ああ、まだだけど」

「じゃ、じゃあそのガンマさえよければだけど一緒に夕飯とかどうかな弁当作ってきたんだっ」

目を閉じて、一気にまくし立てるようにメイベルが言う。

ずいっと突き出した手には、バスケットが握られていた。

ぷるぷると体を震わせながら、ちら……と俺を窺ってくる。何をそんな怯えてるのだろう。俺が断るとでも思ってるのか。そんなわけないのにな。

「ありがとう、ちょうど腹減ってたとこなんだ」

俺がドアを開け、メイベルを招き入れようとする。

すぅはぁ、とメイベルは何度も深呼吸を繰り返した。

「し、しちゅれいちまっちゅ……！」

「？　どうぞ」

顔を真っ赤にしたメイベルがおずおずと入ってくる。

何度も髪の毛を手で直したり、スカートの位置を直したりしてるがなんだろうか。

あと、いつもよりも化粧に気合いが入ってるのと、スカートの位置が普段の私服よりかなり高いのはなぜだろうか。

俺はこの狩人の目のせいで、色々と見えてしまう。が、まあ基本的に戦闘時以外で読み取る情報は、脳が切り捨ててしまう。

そうしないと頭の中に情報が入りすぎて、頭がパンクしちゃうからな。無関係な情報は自動的に気がついていても、シャットアウトしてしまうのである。

だからメイベルの服装の変化とか、妙に緊張していることとかには気づいているけど、なぜ変えたとか、なぜ緊張してるかについては考えなかった。

「へ、へえ……ガンマのおうち、初めて来たけどきれいに片付いてるね」

「ありがとな。まあ物がないだけって感じだろうけど」

必要最低限のものしかない。

メイベルはキョロキョロと周囲を見渡しながら、ベッドに気づくと、そこにぽすんと座る。

「おお、いいベッド使ってるね」

「元々部屋についてたものだよ」

「ふーん。給料でベッドとか買わないの？」

「ないな。全額実家に送金してる」

「え？　じゃ、じゃあ……ご飯とかお洋服とかは？」

「洋服は昔から使ってるもの着続けてるし、ご飯は狩ってる」

「か、狩ってる……？　何を？」

「魔物」

「ひえ……ま、魔物食べてるの？」

「ああ。毒抜きすれば食べれるぞ。野草も帝都近くだとよく生えてるし……どうした？」

メイベルが頭を抱えていた。

（……いやこれはむしろチャンスでは？　そうだよ、いけいけメイベル押せ押せだっ）

こほんっ、とメイベルが咳払いをする。

「とりあえず、お夕飯食べよっか♡」

「？　ああ……」

メイベルが持ってきたバスケットには、網焼きされたチキンのホットサンドに、耐熱容器に入ったシチュー。また使い捨て容器には海鮮サラダが入っていた。

どうやらこのバスケットも、天才魔道具師であるマリク隊長が作ったものらしく、中に食べ物を入れていても腐らない仕組み（作ったときと同じ温度を保つ構造）らしかった。

「なんか……学生時代思い出すな」

俺とメイベルは同じ王立学園に通っていた。

あのときは、朝夜は学生寮で飯が提供されていたが、昼は買う金がなかったのでいつも腹を空かせていた。そんなときに飯をほどこしてくれたのが、このメイベルだった。

「でしょっ！　さぁさぁお食べっ！」

「ああ、いただきます」

☆

メイベルの作った飯はどれも極上の味だった。

食べ終わったあと、紅茶を飲んで一息つく。

「やっぱおまえの飯は一番うまいわ」

「ほんとっ！　一番っっ⁉」

メイベルがずいっ、と俺に顔を近づけてくる。

ふがふが、と鼻息を荒くしていた、あとルビー色の目が輝いてる。

何かうれしいことがあったのはわかるが、狩りに関係のないことなので、それ以上を考えるのをストップする。

「おう」

「そっかぁ〜♡　メイベルさんのご飯が一番か〜。ね、その……さ。が、ガンマが良ければなんだけど……さ。これからも、ご飯一緒に食べない？」

「え、いいよ悪いし。まだ、干し肉いっぱい備蓄あるし」

メイベルがすごいショックを受けてるような表情になった。狩りに関係が以下略。

俺、何か傷つけるようなこと言ったろうか？　まあでも、そうか。

せっかく提案したのに、拒否されたら誰だって嫌な思いするか。

「おまえがよければ、作ってくれない？」

「作るよ！　死ぬまで！」

「大げさなやつだなおまえ」

「だってガンマが食べて喜んでくれるのが、あたし一番うれしいからね！」

そうか、貧乏な俺を不憫に思って、メイベルが俺に気を遣ってくれてるのか。

悪いな……ほんと。でも、その申し出は正直うれしい。

優しいやつだな、メイベルは。

これからもいい同僚でありたいもんだ。

「ところでさ、ガンマ。明日から……大変だね。あたし、一緒に行きたかったんだけどなぁ」

極秘任務で俺の実家付近にまで行くことになった。

メンバーは俺、リヒター隊長、そしてもう一人。

メイベルはそのもう一人からあぶれてしまい、留守番することになったわけだ。

「行ってもつまんないとこだぞ」

「そうなの？　人外魔境って、あたしよく知らないんだけど、どんなとこ？」

「一面なーんもない、荒野がずぅっと広がってる。

食料がほぼないから、少ない食い物を巡って年中獣たちが、村の人間を襲ってくるな」

「な、なにその魔境……」

「ああ、だから人外魔境って言うんだ」

メイベルが目をむいて「なるほど……」と得心いったようにうなずいてる。

「でも、そんなんじゃ、住んでる人たち死んじゃうんじゃないの？」

「いや、みんな割と強いから問題ない。全員、狩人《ハンター》だから。女も男も、老い若いも関係なく」

「ぜ、全員が狩人……狩猟民族だね完全に」

「ああ。みんなでやってくる獣を返り討ちにして、それで飢えと渇きをしのいでるよ」

獣の肉を食ったり、血を啜ったりして。

あとはまあ、水場もなくはないので、俺からすれば別に人の住めない魔境なんてことはないと思ってるんだよな。

「……ほんとに、三人だけで大丈夫？　あたし、すっごく不安だな」

「胡桃隊のメンツはみんな強いし、三人だけでも十分だよ」

「そうじゃ、なくて。あたし……あたしは、ガンマが……ちゃんと帰ってくるか心配。そのまま、実家に残っちゃうんじゃないかって……」

進学のために実家を出てから、初めて家に帰る。

正直、家族の顔を見たら、そのまま家にいたいって思ってしまう、かもしれない。

少なくとも、前までの俺だったら。

不安顔のメイベルの頭を、俺はなでる。

「それはないよ。俺、今ここがすっごく気に入ってるんだ」

「ガンマ……」

「ちゃんと帰ってくるよ。約束するから。お土産もとってくるよ」

メイベルは目を閉じて、やがてニコッと笑ってうなずく。

「うん！　待ってるからね！」

その後、遅くなったメイベルが俺んちに泊まることになり、一悶着あったけど、概ねいつもどおり夜は過ぎていったのだった。

☆

翌日、俺は魔導バイクに乗って、西へ西へと向かった。

サイドカーには蜜柑隊の分析官、リヒター隊長が座ってる。背が高いので、手足を曲げる必要があり、窮屈そうだ。

そして、同行者のもう一人はというと……。

「…………」

「うふふ、なぁにガンマちゃん？　緊張してるの？」

「あ、はい……まあ……」

「ふふっ、可愛い♡」

俺の真後ろに座っているのは、俺たち胡桃隊の軍医、リフィル先生だ。

いつものタイトスカートに開襟シャツとは打って変わって、スキニーなスラックスに長袖のシャツ。その上から旅行用の外套を羽織っていた。

今回の旅に誰が随伴するかで、メイベルたちはじゃんけんをした。

その結果、先生がついてくることになったのである。

明るい髪色。薄くひかれた口紅と、その大きすぎる胸に、むせかえるような甘い匂い。

大人のお姉さんって感じの彼女が、すぐ後ろにいる。しかも、ぎゅーっと抱きついてくるのだ。

「あ、そ、その……もう少し離れてもらえると……」

「あらあら、そんなことしたらお姉さん、落ちちゃうわよ。えいっ♡」

さっきよりも強い力で、リフィル先生が俺をハグしてくる。

今日は普段より厚着しているのに、伝わってくるリアルな胸の弾力。……落ち着け。

今はバイクを運転中だ。ここで横転事故なんて起こしたらしゃれにならん。

二人も未来有望な人材を乗っけてるんだから。

「うふっ♡　動揺しちゃってかわいい♡」

「からかわないでくださいよ……」

「からかってないわ。ただ、ガンマちゃんと仲良くなりたいだけよ」

仲良く……か。そういえばリフィル先生とは、一度買い物しにいった以外、あまり絡んだことないな。

仕事面では色々とサポートしてもらってるけど。

プライベートなことは、何も知らない。向こうも俺と同じなのだろう。

仲良くなりたいというのは、この任務を通じて、お互いのプライベートなことを知り、よりスムーズな連携がとれるようになれたらいいね。

そういう意味に違いない。

「俺も先生のこと、よく知りたいです」

「まあまあ♡　じゃあたっぷり教えてあげるわ♡　たぁっぷり……ね♡」

「はい！　よろしくお願いします！」

隣でリヒター隊長が「ガンマ君、多分意味わかってないのでは……」とつぶやいていた。

意味わかってない？

「ところでガンマちゃんの故郷の村って、後どれくらいかかるのかしら？」

「バイクなら、もうあと数時間もあれば到着しますよ」

俺たちは今回、人外魔境に魔蟲出現の噂を聞きつけ、調査にやってきた。

人外魔境の土地は広大であるため、俺の故郷の村を拠点として、周囲の探索をすることにしたのである。

実家には、今日帰ることを手紙で伝えてある。

だから近くに行けば、出迎えてくれるはずだ。

バイクを走らせること1時間。

俺たちは荒野へとたどり着いていた。

いったん止まって、水分と栄養補給をしている。

「しかし暑いわねぇ。ここ」

外套を脱いだ先生が、シャツの胸元をぱたぱたさせながら言う。

シャツから完全に乳がこぼれ落ちそうで、何度も目がそちらにいってしまう……。

い、いかん……。なぜだかメイベルに申しわけない気持ちになった。

「ま、周りに太陽光を遮るものが何もありませんからね……」

「こんなとこにいたら日焼けしちゃいそうだわ。しっかりボディケアしないとね♡」

リフィル先生が胸の谷間から、ポーション瓶を取り出す。

す、すごい……どうなってるんだ？

「じゃーん♡　お姉さん特製の日焼け止めでーす♡　ガンマちゃん、ほら塗ってあげるから、シャツ脱いで♡」

「あ、いや！　いいですって！」

「遠慮しないの♡　ほらほら、男の子でしょう？　女の子の前で脱ぐのためらってたら、本番のときに幻滅されちゃうわよ～♡」

「なんの話してるんですかなんの⁉」

ぎゃあぎゃあと騒いでる一方で、双眼鏡を覗くリヒター隊長が首をかしげる。

「おかしいですねぇ」

「な、なにが……ですか？」

先生にシャツを無理矢理とられて、肌にぬるぬるとした液体を塗りたくられた……。

そんな俺をよそに、隊長が真面目な顔で言う。

「人外魔境は魔物の巣窟と聞き及んでますがぁ、周囲にはその姿が見当たりませんねぇ」

「あらそうなの？」

「えぇ。Sランクの凶暴な、しかも群れを作るようなモンスターがこの土地ではうじゃうじゃいるはずなのですがねぇ」

リフィル先生とリヒター隊長が、はてと首をかしげる。

「あ、それ倒しておきましたよ」

「「は……？」」

目を丸くする二人とも。

俺はシャツを着て、バイクにまたがる。

「さ、行きましょうか」

「「いやいやいや」」

がしっ、と二人が俺の肩をつかむ。

「ガンマちゃん、説明して♡」

「説明も何も……だから、俺が狙撃して周りの雑魚は駆除しておいただけですが」

「あらまぁ、いつの間に？」

「え、バイクを止めて、休憩を取ることになったときですが」

「あらぁ……狙撃なんてしてたのねぇ。速すぎて目で追えなかったわ。すごいわ♡」

改めて、俺は先生を見やる。

「どうしたの？　ガンマちゃん」

「いや……今更ですけど、俺の言葉を信じてくれるんですか？　前のパーティでは、何もしてないって追放されたんで……」

周囲数十キロの範囲にいる魔物を、一瞬で狙撃して倒した。

そう言っても、前いた冒険者パーティ黄昏の竜のメンツは、俺の言葉を全く信じてくれなかったのだ。

「信じるわよ♡　ガンマちゃんが嘘つくような子じゃないって、お姉さん知ってるし」

「先生……」

ああ、あらためて、俺を正しく認めてくれる、メンバーのいるこの隊に来て良かったなぁって思った。

「さ、いきましょうか」

俺たちはバイクに乗って再び走り出す。

リヒター隊長は双眼鏡を片手に、またもう片方の手には板状の魔道具を手にしながら、周囲を見ている。

「それなんですか？」

「タブレットっていう、ボクが開発した魔道具ですよぉ。魔導ドローンの映像を映し出すよう設定されてます」

「タブレット……。魔導ドローンってなんですか？」

「ガンマ君が見せてくれた、蜻蛉の矢《ドローン・ショット》あるじゃないですか。あれを参考に、偵察用の魔道具を、マリク隊長と一緒に作ったんですよぉ」

俺たちの部隊の隊長は、天才魔道具師だ。

依頼すれば大抵のものは作ってくれる。

魔導ドローンとやらの映像を見ながら、リヒター隊長が感心してる。

「なるほどぉ……ガンマ君、鳳の矢《フェニックス・ショット》を展開してたんですねぇ」

鳳の矢とは、敵を見つけ次第、迎撃する魔法矢のこと。

俺は休憩から出発する際に、この魔法矢を放っておいたのだ。

ドローンの映像から、それがわかったのだろう。

「ボクらがここまで安全にこれたのは、ガンマ君の矢が自動で敵を倒してくれてたおかげだったんですねぇ」

「はい。まあ強めのやつは直接やらないとだめですけど、雑魚くらいならオートでいけます」

「ここの凶暴な魔物を、雑魚ですかぁ。やはりあなたは頼りになりますねぇ」

リフィル先生同様、リヒター隊長も俺を認めてくれる。

ほんといいとこに入ったなぁ……。

と、思っていたそのときだ。

「！　ガンマ君！」

「わかってます。大丈夫です」

俺はハンドルから手を離し、弓矢を展開。

魔道具師マリク隊長が作ってくれた、変形する弓を構えて打つ。

「竜の矢《レーザー・ショット》」

斜め前方に向けて、熱を帯びた魔法矢を打ち込む。

それは大気を引き裂きながら一直線に、極太の熱線を発生させる。

「きゃっ！　な、何が起きたの……？」

「前から巨大な岩が、いくつも投げ飛ばされてきたんですよぉ。ガンマ君の竜の矢のおかげで、全部消し飛びましたがぁ……」

「どういうことかしら？」

「ものすごいでっかい岩が、ありえない速さで飛んできてたんですよぉ。あれが落ちたらひとたまりもありませんでしたねぇ……ガンマ君？」

俺はバイクを止めて、鷹の目スキルで、この岩を投げたやつを目視する。

「フェリサ……！」

「フェリサ……？　お知り合いですかぁ？」

知り合いだって？

よく知ってるに、決まってる。

「はい。俺の……妹です」

☆

「フェリサ！　俺だ！　ガンマだ！」

俺は声を張り上げる。あいつは俺たちに向かって巨岩を投擲してきた。

つまりフェリサは、誤解してる。俺らを敵だと。誤解を解かねばと声を張ったわけだが……。

狩人の持つ鷹の目スキルを発動。

俺の視界に、一人の小柄な女の子が映し出される。

褐色の肌に銀髪。少し寝ぼけたような表情に、じいちゃん譲りの民族衣装。

小柄だが思ったより胸はデカい。

……やはり俺の妹、フェリサだ。

「ふぇ、フェリサちゃんって……確か病気にかかってるって話よね？　外を出て歩いて大丈夫なのかしら……？」

「ふぅむ……それより気になるのは、さっきの攻撃が、フェリサ君がやったってことですよぉ」

「？　それの何が気になるの、隊長？」

先生とリヒター隊長が話してる一方で、俺は妹の挙動に注目する。

妹は地面に両手を突っ込む。あいつ、やるつもりだ。くそっ。

妹と戦いたくなんてないのだが。フェリサの目は、狩人の目だ。

獲物を狩らないと止まらないだろう。仕方ない……。

「リヒター隊長、運転代わってもらえますか？」

「それはいいですけどぉ、ガンマ君は？」

「俺は妹を止めます」

サイドカーに乗ってるリヒター隊長が、こくんとうなずく。

俺は運転席から降りて、サイドカーに乗っかる。

「隊長は北に向かってまっすぐ進んでください。何があっても」

「わ、わかりましたぁ」「ガンマちゃん、頑張って」

こちらは非戦闘員が二人いる。俺には彼女たちを守る義務があるのだ。

妹に弓を向けるには抵抗はあるけど、ああなったフェリサを止めるには、打ち負かすしかない。

ぐわっ……！　と地面につっこんだ手を、まるでちゃぶ台を返すように、勢いよく持ち上げる。

「えええぇ⁉　なにあれぇ⁉　女の子があんな大きな物持ち上げるなんて！」

先生が驚いてる。

岩盤が持ち上げられ、土砂が津波のように、俺たちに向かって降り注いでくる。

フェリサとの距離が離れているにもかかわらず、土砂の津波はここからでも目視できた。

「が、ガンマ君⁉　これ大丈夫なんですかねぇ……。迂回した方がよくないですかぁ⁉」

「大丈夫です、そのまま直進を」

「ひひ……ぼ、ボクぁ信じますよぉ……。ガンマ君の言葉をっ」

仲間からの信頼。今までの俺にはなかったもの。

この部隊に来て、たくさんの人から俺は頼られるようになった。それに応える心地よさ、そして……うれしさを知った。だから俺は仲間たちを守る。

「星の矢《アサルト・ショット》！」

俺は斜め上空へ向かって、魔法矢を放つ。銀の矢は空中で分裂し、無数の流星となって地上に降り注ぐ。

広範囲に襲い来る土砂の波を、無数に分裂した魔法矢がすべて打ち抜く。

互いの攻撃はお互い打ち消しあい、荒野に再び静寂をもたらす。

「ひっひ！　これはすごい……！　あんな大津波の中に含まれてる、礫岩をすべて狙撃して打ち抜くなんて！」

「こ、これで終わりかしら……」

まだだ。狩人が、この程度の反撃で、諦めるわけがない。

チュンッ……！

ばつんっ……！

「こ、今度は何が起きてるの⁉」

「向こうも狙撃してきてます」

「ガンマちゃんみたいに弓で？」

「いえ、指弾です。指で小石をはじいて飛ばしてきてます」

フェリサのやつ、大きな岩だと的になるから、速度重視で小石を飛ばしてきたな。

チュンッ……！

ばつんっ……！

「やっぱりだ……」

「が、ガンマ君？　どうしたんですかぁ？」

「いや……あいつ、まだ本調子じゃない」

「『は……？』」

　指弾が連続でこちらに襲いかかってくる。

　俺はその動きをすべて捉えて、魔法矢で迎撃。

「フェリサちゃんって、確か病気なんでしょぉ？　でもこんなに元気じゃないの。岩ぶんなげてくるし、目にも見えない速さで指弾で狙撃してくるし」

「いや、あいつが本調子なら、もっとでかい岩を、目に速えない早さでぶん投げてきます。それこそ、俺が回避できないレベルで」

「不調でこれ⁉　フェリサちゃんは怪物かなにかなの⁉」

　なるほど、とリヒター隊長が得心した顔でうなずく。

「フェリサ君は、病気を持っていてるから、あの程度のパワーしか出せないと。病気がなかったら、今の比じゃないレベルの強さを持ってるってことですねぇ」

「もう完全に化物じゃないの！　病気で良かった！」

　フェリサの指弾を狙撃しながら、俺はやはりと思い直す。

　妹はまだ体調が万全ではない。なのにどうして狩りに出てるんだ？

「近づいてきましたよ！　あの子がガンマ君の妹さんですねぇ！」

目をこらすと、岩山の上にフェリサの姿がぽつんと見えた。

ぐっ、と身をかがめる。

「なっ⁉　き、消えましたよぉ！　妹さんごと、あの岩山が！」

俺の目には見えていた。

フェリサが岩山を下って、それを持ち上げて、空高く飛んだことを。

「ん？　なんですかぁ……急に真っ暗に……って、でえええええええええええええええええええええ⁉」

急速落下する、超巨大な大岩に驚くリヒター隊長。

リフィル先生は顔をこわばらせ、言葉を失っている。

俺は魔法矢を構える。ギリギリと、力一杯弦をはじいて放った。

「破邪顕正閃《はじゃけんしょうせん》！」

太陽のようにまばゆい光の矢を、俺は頭上へ向かって放つ。

すべてを消し去る破滅の魔法矢は、俺たちを押し殺そうとしていた岩山とぶつかり、相手を完全消滅させた。

ボロボロ……と俺の使った黒弓は壊れていく。

俺の膂力に耐えられなかったのだろう。やはり、この一撃を打つたびに、武器が壊れるのはなんとかしたい。

「あ、相変わらずガンマ君のその一撃は、すさまじい威力ですねぇ……」

「いやどう見てもフェリサちゃんもすごい……病気じゃなかったらもっとすごかったんでしょ
……って、見て！　空から女の子が！」

フェリサがまっすぐに、地上へと落下してくる。

このままだと地面に激突してしまうだろう。

俺は新しい黒弓を取り出して、魔法矢を放つ。

「蜘蛛の矢《キャプチャー・ショット》」

俺の放った白い矢が、ぺたんっ、とフェリサの体にくっつく。

フェリサと俺の間に、一本の白い、蜘蛛の糸のようなものが伸びている。

「よっと」

俺は糸をぐいっとたぐり寄せる。するとゴムみたいに糸が縮み、フェリサが俺の方へとたぐり寄せられる。俺は妹をお姫様抱っこする。

「フェリサ……おまえ」

「…………」

「まだ元気じゃないのに、無茶するなよ」

「『いやいやいやいや！』」

バイクを止めたリヒター隊長が、全力で首を振る。

「めちゃくちゃ元気でしたよぉ……！」

「あんな大きな岩がんがん投げてきたんじゃない、どこが病弱なの!?」

俺の腕の中でフェリサがうつむく。

顔色が悪い。やっぱり無理していたのか。

「いや、俺たち基準だと、今のフェリサは本調子じゃない」

「「怖いよ、人外魔境の狩猟民族！」」

2章

故郷へ向かう道すがら、俺の妹のフェリサと遭遇し、戦闘になった。

人外魔境の荒野にて。

魔法バイクを止め、俺たちは休憩を取っている。

レジャーシートに座っているのは、俺の妹、フェリサ。

褐色の肌に明るい髪色。

目の下に紅がぬってあり、牙のようなもように見えなくもない。

じいちゃん譲りの民族衣装を身につけている。

「おお、可愛いですねぇ～」

リヒター隊長が、フェリサをじーっと見つめる。

妹はサッ、と俺の後ろに隠れた。

「こんな小さな体のどこに、あれだけのパワーが秘められてるのか！　興味が尽きませんねぇ！」

「……っ」

きゅーっ、と妹が俺の背中にしがみついて、体を丸めて震えている。

「すみません、妹は人見知りなんです」

「…………」

じいー。フェリサが俺を楯にしながら、リフィル先生たちを見ている。

そして、俺に目線を向けてきた。多分こいつら誰と言いたいのだろう。

「フェリサ。こちらリフィル先生とリヒター隊長。今の職場の先輩と上司だ」

「よろしく～♡」「よろしくですぅ」

じっ、と二人を見つめた後、また俺を見上げてくる。

おそらく、本当にと言いたいのだろう。

「ほんとだよ」

「…………」

もう一度二人を見て、首をかしげる。

多分だが、二人が戦ってない姿を見て疑問に思ってるのかもしれない。

「二人は非戦闘員なんだ。でも俺のことを支えてくれる大事な仲間なんだよ」

「…………」

「確かにここじゃ、みんな戦うのが当たり前になってるけど、戦っている人を支えるって戦い方もあるんだ」

「…………」

「な、外は俺たちの知らない色々なことがあって楽しいよ」

俺とフェリサが会話してると、リヒター隊長が首をかしげて言う。

「ガンマ君、君は誰と会話してるんですかぁ？」

「フェリサとですよ？」

「でも彼女、何もしゃべってないように思えるんですがぁ？」

「ああ、口下手なんです、こいつ。でも、なんとなくわかるんです。目線とかで、こいつの言いたいこと」

「なるほどぉ……。君の目の良さがあれば、妹君のわずかな表情の変化から心情の変化を読み取れるんですねぇ。さすがガンマ君ですぅ」

すっ、とリフィル先生がフェリサの隣に座る。

びくぅうん！　と妹が体を萎縮させていた。

一方リフィル先生はにこやかに笑って言う。

「はじめまして♡　フェリサちゃん♡　私はリフィル・ベタリナリよ♡　よろしくね」

「…………」

「さっきは驚かせちゃって、ごめんなさいね。お兄ちゃんが突然、知らない人を連れてきて、悪い人におどされてるんだって思っちゃったのね？」

こくん、妹がうなずいてる。

なるほど……俺たちをいきなり襲ってきたのは、そういう理由があったわけか。

初対面の人が、フェリサのことを理解できるなんて……。やはり、先生はすごい。

リフィル先生がそぉっと手を近づけてくる。

だがフェリサは逃げなかった。

「大丈夫、私たちは味方。お兄ちゃんの友達だから」

「…………」

こくん、とフェリサが頭を下げる。リフィル先生と、そしてリヒター隊長に、それぞれ。

「…………」

ばっ、と妹が懐から何かを取り出す。

「あらなぁにこれ……きゃぁあああああああああああああああああああああ！」

「せ、先生どうしたんですかっ⁉」

「む、虫！　虫ぃ！　なぁにこれぇ⁉」

フェリサが手に持っていたのは……。

「あ、なんだイナゴの佃煮じゃないですか」

「い、イナゴ⁉　今ガンマちゃん、イナゴって言った⁉　佃煮⁉」

「はい。そこら辺飛んでるイナゴを捕まえて、煮た料理です。おいしいですよ」

「無理無理無理無理無理！　ビジュアルが無理ぃいいいいいいいいいいい！」

いつも大人の余裕を持っている先生が、激しく動揺していた。

一方でリヒター隊長が「ほう……昆虫食ですかぁ」と物珍しそうに、フェリサが差し出したイナゴの串を見て言う。

「昆虫食ってなんですか？」

「海のない地域では、魚からタンパク質を摂取することができません。虫を食べることでそれを補うと聞いたことがありますがぁ……」

俺はフェリサからイナゴ串を受け取って、バリバリと食べる。

「ガンマちゃん！　だめよ！　そんなばっちいの吐き出しなさい！　ぺっ、しなさいぺって！」

「いや美味いですよ。食べてみてください。フェリサのこれは、友好の証なんですよ」

んっ、とフェリサがイナゴ串を突き出してくる。

リフィル先生はドン引きしていた。そんなに虫が嫌いなのかなこの人？

「私、虫無理なの……！」

「でも魔蟲とは戦ってるじゃないですか」

「あれは！　虫って感じしないから大丈夫なの！　でっかいからモンスターって感じがして……でも、この小さくてウジャウジャする感じのリアル虫は無理なの！」

うーん……違いがわからない。

嫌がるリフィル先生をよそに、リヒター隊長が妹からイナゴ串をもらって、バリバリ食べる。

「あ、なるほどぉ……意外とジューシーでおいしいですねぇ」

「ね？　フェリサの作る佃煮はめっちゃ美味いんですよ」

俺とリヒター隊長でバリボリと虫を食う。

フェリサがずいずい、っとリフィル先生にイナゴ串を向けていた。

「あ、あのね……フェリサちゃん……お姉さんちょっとそれは……」

「…………」

「ああもう！　そんな悲しい顔されちゃ、断れないじゃないっ！」

先生は恐る恐る串を受け取る。

ものすごく、嫌そうな顔をしながら……一口だけ食べる。

文字どおり苦虫をかみしめてるような表情のまま、先生が咀嚼し、飲み込む。

「…………」

「お、おいしい……わ、よ……」

「…………」

フェリサが笑顔になる。良かった、先生は大人で。

妹はもう一本イナゴ串を取りだして、ずいずいっと押しつけてくる。

「に、二本目はちょっと……」

「…………」

「ああもう！　食べるわ！　食べるからー！」

こうしてフェリサは、先生達と仲良くなったのだった。

☆

妹の誤解を解いた俺たちは、故郷の村を訪れていた。

「ここが俺の故郷、ソノイの村です」

「ほうほう……ここがガンマ君の故郷ですかぁ。なんというか、思ったより近代化してますねぇ」

ソノイの村は荒野のなかにあれど、外壁で囲ってあり、見張りやぐらも存在する。

建物もレンガ作りのしっかりしたものがあちこちに並んでいる。

「ガンマだ」「がんまー」「がんまかえってきたー」

村の子供たちが俺を見て手を振ってくる。

みんなこんがり小麦色に日焼けしており、目の下に牙のような、紅を入れてる。

「ただいま。村長は？」

「いえー」「がんま待ってるー」

「わかった。ありがとな」

子供たちは弓や槍を手に、村の外へと走って行った。

「あの子らも狩猟をしてるんですかぁ？」

リヒター隊長が興味深そうに周りを見回しながら言う。

「あ、はい。うちで狩りができないやつはいません。三歳で弓の使い方を習います」

「狩猟民族ですねぇ」

レンガの家の前では、狩ってきた獣の解体作業してるやつや、皮をなめしたりしているやつらがいる。

みな俺の後ろからついてくる、リヒター隊長とリフィル先生が気になってる様子。

だが二人に声をかけてくる様子はない。

鋭い視線を二人に向ける。武器に手をかけているやつすらいる。

リフィル先生は周りの視線に気づいたのか、小声で聞いてくる。

「私たちを敵だと思ってるのかしら？」

「いいえ。ただ、敵というか、うちの村閉鎖的なんで、基本よそ者を歓迎しないんです」

「なるほど……誰に対しても例外なく、警戒してるのね」

「はい。何もしなきゃ襲ってきません。何もしなきゃ、ですけど」

ほどなくして、俺は村長の家に到着した。

「ガンコジーさん、帰ったぞ」

「頑固じいさん？　あだ名です？」

「いや、本名」

俺が中に入っても、じいさんの姿は見えない。

かーんかーんかーん、という音はするので多分いると思う。

俺は部屋の奥へと向かう。

「おお、こんな立派な鍛冶場があるなんて！　すごいですねぇ！」

リヒター隊長が部屋の中を見渡して、感心したように叫ぶ。

ハンマーとか炉とか、あと完成した色々な武器がその辺に転がっている。

炉の前には一人の小柄な、毛むくじゃらのじいさんが座っていた。

「ガンコジーさん。帰ったよ」

「……ガンマか」

作業の手を止めて、よいしょとガンコジーさんが立ち上がる。

リフィル先生がじいさんを見て目を丸くした。

「あら、ドワーフかしら？」

「そうじゃよ。なんじゃ、珍しいかの？」

よたよたと歩きながら、じいさんが俺たちの前へとやってきた。

背は低く、筋肉質。ずんぐりむっくりの体型。

「ごめんなさい。ただ、ドワーフってもっと南の国にいると聞いていたもので」

「たしかに、ドワーフのほとんどが、我が故郷カイ・パゴスにいる。外に出る職人はほとんどいない。ましてや、こんな西の果てに居を構える変わり者ドワーフなんぞ、わしくらいだろうな」

すっ、とガンコジーさんがリフィル先生に手を伸ばす。

「ガンコジーじゃ。このソノイ村の村長をやっとる。そこの二人の、いちおう保護者じゃな」

リフィル先生が取ろうとしたその手を、横から、リヒター隊長が奪い取る。

「初めましてぇ！　ボクぅ、リヒター・ジョカリって言いますぅ！　お噂はかねがね！」

「な、なんじゃ……ガンマ。おまえさん、知らぬ間に二人も嫁こさえてきたのか？」

「違うよ。この二人は俺が世話になってる人たち。嫁じゃない」

先生は「あらー……」と残念そうにつぶやく。リヒター隊長は「そんなことより！」と眼をキラキラと輝かせながら尋ねる。

「ガンマ君のお爺さまですよね？　ドワーフなのに？　ガンマ君とは血が繋がってるんですか？　フェリサちゃんとは？　あと武器の製法をぜひ！」

「お、落ち着け……そういくつも質問されても答えられんわい」

ややあって。

俺たちは居間へと移動する。

「で、なんじゃ？　ガンマよ。おまえ、何しに帰ってきた？　確か軍に所属してるんじゃったな」

「このあたりで……あー……最近変な蟲のモンスターが観測されたっていうから、その調査に」

魔蟲族のことは、トップシークレットだ。

じいちゃんだろうと、部外者にもらすわけにはいかない。

俺は細部をぼかしてじいちゃんに事情を話し、協力して欲しいと頼む。

「なるほどな。まあ血は繋がらないとはいえ、孫の頼みじゃ。協力してもいい」

「それ！　やっぱりガンマ君とお爺さまは、血が繋がってないんですかぁ？」

ずいっ、とリヒター隊長が身を乗り出す。

ガンコジーさんは引き気味になりながらうなずく。

「こやつは孤児じゃよ。というか、この村の子供の大半はそうじゃな」

「ということは……フェリサ君もですかぁ？」

「ああ。わしもガンマもフェリサも、お互い血が繋がっておらん。この人外魔境の地は、流れ者が行き着く場所として有名だからな」

この土地に住む子供たちの大半がわけありだ。

こんな西の、獣がうろつき、水も食料も手に入らない場所に好んでくる物好きはいない。

俺にも、フェリサにも、それぞれ人には言えないようなバッグボーンがある。

「じゃあガンマちゃんからしたら、フェリサちゃんは義理の妹ってことなのね」

「………」

はて、とフェリサが首をかしげる。

この子は難しいことがよくわからないのだ。何せ1＋1すらわからないからな……。

「協力はしてもいい。だが今、村は厄介な問題を抱えておってな」

「厄介な問題？」

「ああ。近頃、妙な種族が村にちょっかいかけてきよってな。人っぽい蟲で……」

「！　それって……」

俺たちは顔を見合わせる。

人っぽい蟲。魔蟲族の可能性が高い。

「実は俺たちも、その人っぽい蟲の調査に来てたんだ」

「おお、そうだったか。ならば……頼む。ガンマ。それに、帝国軍人のお二人、どうかソノイの村に力を貸してくれんかの」

もちろん、と俺たちはうなずく。

これで確定したな。この人外魔境の地に、魔蟲族がいるってことが。

☆

人外魔境のソノイ村にて。

俺は育ての親であるガンコジーさんから、魔蟲族が最近うろついてる話を聞いた。

『ソノイの村から北東へ行ったところに、円卓山《テーブルマウンテン》というわしらの狩り場がある。そこで人型の蟲が多数目撃されておる』

とのこと。

円卓山の場所はわかってるので、すぐにでも出発したかった。

だが、もう日が暮れていたので、出発は明日ということになった。

俺たちは実家に泊まることになった。

俺が使っていた部屋に、俺と妹のフェリサが泊まり、妹の部屋に先生とリヒター隊長が泊まることになった。

「悪いな、フェリサ。兄ちゃんと一緒の部屋で」

「………」

フェリサはふるふると首を振って、きゅっと抱きついてきた。

ふんにゃりと笑ってるところから、一緒に寝るのは嫌がってない様子がうかがえる。

「けほけほっ」

「大丈夫か？」

フェリサは病にかかっている。

その治す薬は今のところ存在せず、症状を緩和させる高い薬を飲ませているところだ。

「そうだ……もしかしたら……フェリサ、ちょっとついてきてくれ」

俺は妹を連れてリフィル先生の下へ向かった。

部屋の前にて。

「先生。いますか？」

『はぁい、どうぞー♡』

妹の部屋のドアを開けると……。

「なっ⁉　なんですか、そのかっこう！　半裸じゃないですか！」

先生は上着とシャツをぬいで、ブラとショーツだけになっていた。

「ごめんね、暑くって♡　で、なぁに用事って？」

「その前に服！　服を着てください！」

や、やばかった……。

真っ赤なブラからは、でかすぎる乳がこぼれそうになっていた。

右胸のところにほくろがあって、エロかったな……。

い、いかん。同じ部隊の仲間を、そんな性的な眼で見ちゃいけない。

「…………」

ぎゅ～～～～～っと、フェリサが万力のような力で、俺の手の甲をつねってきた。

「痛いって」

ぎゅ～～～～～～～～～～。

「なんだよ、何怒ってるんだよ」

「…………」

ぷいっ、とフェリサがそっぽを向く。

「あらまぁ♡　妬いてるのねぇ♡　かーわーいーい♡」

「先生はさっさと服着てください！」

ややあって。

先生は下着の上から白衣を羽織っただけの姿で、妹を診察していた。

いや、まあ下着姿じゃないんだけど……なんか逆にエロい。

先生は診察を終えて言う。

「イマンシ病ね」

「イマンシ、病……」

「ええ。心臓と肺の病よ。体が徐々に弱っていって、最終的には自分では動けなくなる奇病」

「すごい……病名がわかるんですね。医者は、原因は不明だと。延命措置のために、完全回復薬《エリクサー》をとりあえず飲んどけって」

「まあ、対症療法としては妥当ね。ただ……お金がかかるでしょ、完全回復薬《エリクサー》は高価だし」

「はい……」

ふむ、とリフィル先生がうなずく。

「妹ちゃん……根治できるかも」

「こんち?」

「完全に快復するってこと……きゃっ!」

俺は先生の手を握って、顔を近づける。

「お願いします! 妹を助けてやってください!」

今までどんな医者に診察してもらっても、病名すらわからないでいた。

でも先生は一発で病名を言い当てた。

たしかに妹は肺を患ってるようだったし、体力が年々低下していた。きっとそのイマンシ病ってのが原因なんだ。

誰もわからなかった病名を言い当てた、名医であるリフィル先生なら、きっと妹を治してくれるはず!

「お願いします! 妹を、どうか!」

「わかった。わかったからガンマちゃん。落ち着いて」

ふと、俺は冷静になって、今どんな体勢なのかを改めて見返す。

下着＋白衣の、巨乳の美人先生を、俺が押し倒してる。

「す、すみません！　すぐにどきま……わわっ！」

リフィル先生が俺の腕を引っ張って、抱き寄せる。

すぐ目の前に大きな胸があった。顔に当たる柔らかな乳房は暖かくて、軟らかくて……とても甘い香りがした。

「ふふ……かわいいわガンマちゃん。ほんとあの子みたい……」

「あの子？」

リフィル先生が答えない。ただ、さみしそうに微笑んだままだ。

「……フェリサちゃんを治す方法は、わかってる。でも……今の私にはできないの」

「そんな……治療法わかってるのにどうして？　それに……今のって……まるで昔はできたみたいに」

「そうね……昔の私なら、できたと思う。でも今は……」

先生の体が、震えてる。

きっと何かつらいことがあったのだと、目のいい俺はわかった。

それも半端ではないつらさだ。

たとえば、そう……。

「あの子ってのが、関係あるんですね。だから、治療できなくなったと」

「……ほんと、ガンマちゃんは鋭いなぁ」

「目だけはいいんで」

よしよし、とリフィル先生が俺を抱いたまま、頭をなでる。

ほんとはこんな恥ずかしい体勢から、いち早く脱したかった。

けれど彼女は俺を抱いていると、少しずつだが緊張がほぐれているように見えた。

彼女とあの子とやらの間に、何があったのかわからない。

何がトラウマになっているのかも、また。

それでも……。

「嫌がらないのね」

「ええ。先生の気が少しでも安らぐなら」

「……そう。優しいのね、ガンマちゃん。お姉さん、惚れちゃいそうだわ」

しばらくの沈黙があった。

そして、ぽつりと言う。

「私……ね。弟がいたの。可愛い弟。でも……死んじゃった。私のせいで……」

「先生のせいで……？　何があったんですか？」

「……ごめんなさい。それ以上は、ちょっと」

先生もメイベル同様、悩みを抱いていたんだ。

自分の治療ができなくなるレベルの、トラウマが。

今は……話を聞いてあげることしかできない。

けれど……。そばにいてあげることはできる。

「ねえ……ガンマちゃん。たまにでいいから、お姉さんにこうして……ぎゅっとさせてくれる？」

「……はい。もちろんです」

やましい気持ちなんかではない。

仲間がつらいときは、支えてあげたい。

ちょっとの恥ずかしさなんてたいした問題じゃないのだ。

こうして俺を抱くことで、少しでも、彼女のトラウマが緩和するというのなら。

「…………」

「あ……」

俺とリフィル先生が抱き合う姿を、がっつりフェリサと、リヒター隊長に見られていた。

「ん？　なぁに、続けてくださいどうぞぉ～」

「いやいやいやいや！」

俺はばっ、と先生からどく。

言及せず部屋を出て行こうとするリヒター隊長の手を取る。

「誤解です！」

「大丈夫、軍部は職場恋愛を許容してますよぉ～」

「いやだからそれが誤解なんですって！」

するとフェリサが、がしっ、と俺の腕をつかむ。

「………」

「え、なに？　今まで我慢してたけど限界？　何を言って……」

ぎゅ～～～～～～～～～！

「いってえええええええええ！　折れる！　フェリサ！　腕が折れちゃうぅうううううう
うううううう！」

騒がしい俺たちの様子を見て、リフィル先生は笑っていた。

さっきまでの悲しい微笑みじゃなくて、心から、楽しそうに笑っている。

俺は、その方が何万倍も美しいと思ったのだった。

「………」

バキィッ……！

「折れたぁあああああああああ！」

「あらあら、大変。すぐに治療するわぁ♡　大丈夫、骨折くらいなら秒で治るから」

バキッ……！

「フェリサぁああああああああ！　腕ぇえええぇ！　治せるからって痛いんだぞぉおおお！」

☆

俺は隊のみんなと一緒に、故郷の村へとやってきていた。

じいちゃんの家に泊まった翌朝。

リビングには俺、リヒター隊長、リフィル先生。

妹のフェリサ、村長にして育ての親であるガンコジーさんが、食卓を囲っている……のだが。

「無理無理無理無理無理ぃいいいいいいいいいいいいいいいいいい！」

リフィル先生が悲鳴を上げる。

いつも大人の余裕のある先生が、まるで幼子のように泣いていた。

俺たちは敷物のうえに座って、車座になって飯を食っている。

朝食を見て先生が悲鳴を上げているのだ。

「どうしたんですか、先生？」

「どうした、じゃないわよ！　なにこれ⁉　ガンマちゃん！」

「？　この地方じゃ、ごく一般的な朝食ですけど」

俺もフェリサも、ガンコジーさんも、茶碗片手にむちゃむちゃと飯を食らう。

茶碗の中に入ってるのは、白米とよばれる、俺たちの部族がよく食べる穀物だ。

「ほほう、白米ですか～。遥か東方の国、極東では似たようなものを食べると聞きますねぇ。帝国や王国でも、品種改良されたものが少数ですが、出されてますね」

「白米はいいのよ！　問題はその中身！　なにこれ⁉　何が混ざってるの⁉」

先生が半泣きになりながら、箸を茶碗の中につっこんでとりだす。

「ただの蜂ですが？」

「いやぁああああああああああああああ！　はちぃいいいいいいいいいいい！」

何を驚いてるのだろうか。

蜂くらいで。

「ガンマちゃん！　わかってるの⁉　これ、ふっつーに異物混入よ⁉　飲食店でこれ出てきたら、お店潰れちゃうわよ⁉」

「またまた、大げさですよ。蜂ご飯なんて、ここらじゃ普通の郷土料理です。異物じゃないですよ。ほら」

じいさんも妹も、むっしゃむっしゃと蜂ご飯を食べている。

「え、えぇー……」

先生がなぜかドン引きしていた。

どうしたんだろうか、こんなにおいしいのに。

「まあまあリフィルせんせぇ～。意外とおいしいですよ～。あまくって」

「む、無理……味云々以前に、ビジュアルが受け付けないわ……」

げっそりするリフィル先生。

見た目なんて関係ないと思うんだけどな。うまいし。

「あ、じゃあ、こっちの食べます？」

俺はもう一つの茶碗を先生にさしだす。

白いつぶつぶが山盛りとなっている。

「あ、こっちなら食べれそう。見た目も普通の白米だし」

「え、白米じゃないですよ？」

「え…………？」

むしゃ、とリフィル先生が一口食べる。

「なに……これ……甘ぃ……ぷちぷちする……お米じゃない？」

先生が箸で白いつぶつぶをすくい上げて、じぃっと目をこらす。

一気に顔から血の気が引いて……。

「ひやぁあああああああああああああ！　虫ぃいいいいいいいい！」

　先生が後ろに転んで、ガタガタと震え出す。

　茶碗からこぼれているのは……白い虫だ。

「何これ何これ何これぇええええ⁉」

「蜂の子ですよ」

「はちのこぉ⁉」

「はい。蜂の幼虫です」

「この白いワームが⁉」

「ええ、甘くっておいしいですよ。蜂の子丼です」

　落ちてる蜂の子丼を、フェリサが拾ってむっしゃむっしゃと食べている。

　ガンコジーさんは黙ってむしゃむしゃ。

「が、ガンマちゃん……違うの。ビジュアル関係なく、虫がだめなの……」

「こんなにおいしいのに？」

「味は関係ないの！　虫が無理なの！」

「えぇー……じゃあ、今朝の料理全部だめじゃないですか」

「これ全部虫料理なの⁉」

　俺はうなずいて、一つずつ説明する。

「これは蛆入りチーズです」

「うじぃいいいいいいい!?」

「こっちはシロアリの卵のサラダです」

「シロアリぃいいいいいいい!?」

「で、こっちは竹蟲。蛾の幼虫を油で揚げた」

「もういい! もういい! もうやめてぇえええええええええええ!」

先生が泣きながら首を振る。

どうやら本当に、生理的に受け付けないようだ。

「こんなおいしいのに、なあフェリサ?」

「………………」もしゃもしゃ、こくん。

先生が乱れた髪の毛を手で直しながら言う。

「が、ガンマちゃんって……意外と天然さん?」

「そうですか? 人外魔境じゃ虫食いは当たり前ですよ」

「外の常識とここの常識は異なるのよ……はぁ……レーション食べておなか膨らませましょ」

レーションとはマリク隊長が考案した、保存食だ。

見た目は悪いし、味も悪いけど、栄養価があるし保存も利く。

もそもそとリフィル先生がレーションを食べてる。

「それだけじゃおなかすきません？　へごくらいでも……」

「ガンマちゃん、へごってその蜂の煮物を指してるのなら、ノーサンキューよ」

一方でリヒター隊長が、真剣な表情でへごの入った皿を見つめている。

「どうしたんですか、リヒター隊長？」

「……君たち狩猟民族は、普段から昆虫を食してるのかい？」

「ええ、ここじゃ幼い頃から当たり前のように」

「なる、ほど……なるほど……そういうことか……だから、この子らは尋常でない力を」

ぶつぶつ、と隊長がつぶやいている。

なんだ？

「昆虫食がどうしたんですか？」

「いや、まだ仮説ですからぁ、今は何も言いません。検証がすんだら、状況共有しますよぉ」

さて、とリヒター隊長が改まって言う。

「これからのお話しましょうかぁ」

リヒター隊長は懐から、タブレットを取り出す。

魔道具ドローンで撮影した映像が、タブレット上に表示される。

「この人外魔境の中央部にある、円卓山。ここに調査に向かいますぅ。ただ、現地で何があるかわかりませんので、ガイド役をガンマ君の他に、もう一人つけたいのですがぁ」

するとフェリサが、ばっ！　と手を上げる。

「おまえ……寝てろ。病気してんだから」

「………」ぶんぶん。

「まったく、相変わらずきかん坊だな」

まあフェリサも狩人だし、現地のことよく知ってるし、何より腕も立つ。

ガイド役としては適任だろう。

「ではメンバーはボク、リフィル君、ガンマ君、そしてフェリサ君の四人で。魔法バイクはサイドカーも入れて三人乗りなのですがぁ」

「じゃあ、うちの地竜を使いましょう」

「ほほぅ、地竜ですかぁ。飛行能力が退化したかわりに、地を走る力に特化してるという」

「はい。うちの地竜ならバイクと同じくらいの速度で走れます」

「そ、そうですかぁ……」

なぜだろう、隊長もドン引きしていた。さっきのリフィル先生みたいに。

「あのねえガンマ君、通常地竜は馬車よりちょっと速いくらいの走力なんですよぉ。バイクと同じ風に走れてる時点で異常なんですぅ」

故郷の外で地竜見かけたことあったけど、やたら遅いなってって思ってた……。あれはうちの地竜がおかしかったのか。

「ガンマ君といいこの地竜といい、この過酷な環境に住んでることにより、ほかの個体より強くなってるのかもしれないですねえ」

「環境が違うと、そんなこと起こるんですね」

さて。

「円卓山に着いたら、なるべくドンパチは避けてください。あくまでも、今回のは実態調査のみ。本格的な駆除は人員を投入して後日行うのがベストでしょう」

「その間にでも蟲が増えてしまうんじゃないの？」

リフィル先生が意見すると、隊長が首を振る。

「だとしても、人命第一ですよぉ。命あっての物種ですからねぇ」

☆

朝食を食べ終えたあと、俺たちはいよいよ、円卓山に調査へと向かうことにした。

村の入り口にて。

魔法バイクの隣には、一匹の地竜がたたずんでいる。

地竜。地上を走る特別な竜だ。翼がないけれど、ものすごい速さで走ることができる。

足の筋肉が発達しており、遠目に馬に見えなくない。だが顔は竜のそれだ。

「久しぶりだな、ちーちゃん」

「ぐわぐわ！」

　赤いうろこを持つ地竜……ちーちゃんの頭を、俺はなでる。

　小さい頃はこの子にのっけてもらって、よく狩りへ行ったっけ。

「地竜のちーちゃんねえ……」

「どうしたんですか、リフィル先生？」

　軍医リフィル・ベタリナリ先生が、ちーちゃんを見てつぶやく。

「いや、アタシの知り合いも、自分の地竜にちーちゃんって名前つけてたの思い出してね。みんな考えることは同じなのかしら、九官鳥のきゅーちゃんとか」

　地竜は割とメジャーな乗り物だし、先生の知り合いが飼ってても特に驚きはしない。

「やーやー、お待たせしましたねぇ～」

　リヒター隊長とガンコジーさんが、一緒にこちらへとやってくる。

「遅かったですね。どうしたんですか？」

「ちょっと、ガンコジーさんから、弓作りの基礎を教わってましてぇ」

　そういや、隊長がここへ来た目的の一つに、俺にあった武器（弓）を作る技術を、ガンコジーさんから教えてもらうんだったたっけ。

「この嬢ちゃんからヒントと素材もらってな。ガンマ、おまえさんの新しい弓を、今作っておる」

「え、新しい弓を？」

「ああ。完成したらおまえさんに送るから、待っておるんじゃぞ」

リヒター隊長、そういえば昨日ここへ着いてから、じいさんとこそこそなんかやってたけど
……そうか。

弓作ってくれてたんだ。

「ありがとう、じいさん」

「いいってことよ。わしの作ったもんを、孫が使ってくれる。これ以上うれしいもんはないぞい」

にかっ、とじいさんが笑う。目の下に少しくまがあった。

……寝ずに作ってくれてたのだろう。

俺が、やばいとこに調査へ行くと知って、俺が危なくないように……。

ごめん、とは言わない。

だってそれは家族なら当然だからだ。

「ありがと、楽しみに待ってるよ、新型」

「おう。新型はあとからペットの大鷲に届けさせる。それまではリヒター嬢ちゃんの黒弓を使

ってお れ」

隊長の作ってくれたこれもいい弓なんだけど、やはり俺の全力全開の一撃には耐えられない。

だから、本気の一撃に耐えうる新型を、求める。きっとじいちゃんなら、俺の要望にドンぴしゃで応えてくれる、すごい弓を作ってくれる。

俺は、そう信じてる。

「フェリサ。おまえさんにはこれを」

じいちゃんが黒い手斧を二本、フェリサに差し出す。

斧の柄には黒い鎖がついており、二本をつなげていた。

フェリサは自分の腰に斧をくっつける。ぎゅーっと、ガンコジーさんの腰にしがみつく。

言葉を言わずとも、感謝の気持ちは伝わるもんだ。家族ならな。

「それじゃあ準備も終わりましたし〜。出発しましょうかぁ〜」

隊長とリフィル先生はバイクに、俺とフェリサは地竜に乗り込む。

地竜は乗り慣れてないと尻を痛めるからな。先生と隊長はバイクに乗ってもらう。

俺はちーちゃんの背に乗り手綱を握る。フェリサは腰にぎゅっと抱きついてきた。

「ガンマちゃん、ほんとに大丈夫なの？　こっちはバイクだけど？」

バイクと地竜とじゃ、バイクの方が速くて、俺たちをおいていってしまう、と心配してくれてるんだろう。さっきリヒター隊長が説明してくれたとは言え、実物を見たことないのだ。心配してしまうのは当然と言えた。

優しい人だな、リフィル先生は。

「大丈夫です。な、ちーちゃん?」

「ぐわー!」

ちーちゃんがなぜか気合い十分だった。

きっ、とリフィル先生……というか、バイクをにらみつける。

視線の感じから、対抗意識を燃やしてるように見えた。

「それじゃ……しゅっぱーつでーす」

リヒター隊長がバイクを発進させる。

俺はちーちゃんの首をなでて、手綱をぱちん、と振る。

ドンッ……!

「ちょっ⁉　まっ、えええええええええええええええ⁉」

背後からリフィル先生の、驚く声が聞こえる。

どどどど! とちーちゃんは地面を速く駆けていく。

「おお、相変わらずいい足だな、ちーちゃんは」

「ぐわー!」

いつもどおり、いや、いつもより調子がいいな。

これなら早く円卓山に着きそうだ……。

「…………」

くいくい、とフェリサが俺の服を引っ張る。

「どうした？」

「…………」

くいっ、とフェリサが背後を、顎でしゃくって指す。

ちーちゃんを止め、後ろを見ると……そこには誰もいなかった。

「あれ？　先生たちは？」

「…………」

ふるふる、とフェリサが首を振る。

あれ途中で引き離しちゃったかな……。

俺たちはいったん止まって、先生達を待つ。

十数分くらいして、ようやく先生たちのバイクがやってきた。

「おかしいわ！　おかしいわよ！　ガンマちゃんっ！」

先生が声を荒らげる。おかしい？

「ちーちゃんが遅すぎるってことですか？　まあ確かにちーちゃんまだ幼竜ですし……」

「ちっっっがうわよ！　速すぎるって意味よ！」

先生が切れていた。え、ええー……なんでキレてるんだ？

「バイクより速く走る地竜ってなに⁉　聞いたことないわよ⁉」

「そうですか？　うちの部族の飼ってる地竜のなかじゃ、ちーちゃんが一番若いですし、彼女より速く走る子はざらにいますよ」

唖然とする先生。

一方でリヒター隊長がつぶやく。

「ガンマ君。もしかして地竜たちもまた、君たちと同様、蟲を食べてますかぁ？」

「そうですね。栄養満点なんで、よく食ってます」

「だんだんつかめてきましたよ、人外魔境に済む狩猟民族たちの、強さの秘訣がねぇ」

それ出発前も言ってたな、隊長。

リフィル先生が俺たちを見て言う。

「というか、そんな速い地竜に乗ってて大丈夫なの？　あの速度で振り落とされたら……」

「ガキの頃から乗ってるんで大丈夫ですよ。もちろん、落ちることも結構ありますけど、死人はゼロですね。な、フェリサ？」

「…………」こくこく。

俺もフェリサも昔から落馬ならぬ、落地竜してるけど、ぴんぴんしてる。

さぁ……と血の気の引いた顔で、先生が叫ぶ。

「怖い！　怖いわよ！　人外魔境とその狩猟民族！」

☆

俺たちは円卓山へと向かう。

リヒター隊長たちはバイクに、俺とフェリサは地竜にまたがって北上していく。

「そういえば、フェリサちゃんって得物は手斧なのね」

併走するリフィル先生が、フェリサの腰についてる手斧を見て言う。

「こないだ襲ってきたときは、投石してなかったかしら？」

「フェリサは元々手斧を使うんですけど」

「けど？」

「まあ……実際見てもらった方が早いですね」

スキル鷹の目を発動させる。

周囲の様子を鳥瞰する。離れたところに灰猛牛《グレイ・バッファロー》の群れがいて、こっちに襲ってきていた。

「ガンマ君、敵ですかぁ？」

すぐさまリヒター隊長が気づいて俺に問うてくる。

「はい。灰猛牛です」

「え、Sランクモンスターなんだけど……」

リフィル先生が戦慄の表情を浮かべる。

そんな怯えるような敵じゃないが、なにぶん数が多い。

自動迎撃の魔法矢・鳳の矢で捌ききれてないほどだからな。

「それで、敵が群れで襲ってきてるのはわかりましたがぁ、どうやって対処しますぅ？」

「俺が……」

するとフェリサが、くいくい、と俺の腕を引っ張る。

じっとその目が俺を見つめていた。

「フェリサがやるそうです」

「………」こくん。

俺の後ろでフェリサが立つ。

両手に手斧を持って構えを取る。

一対の斧は鎖で繋がっている。

フェリサは鎖をぶんぶんと振り回していく。

「が、ガンマちゃん？　フェリスちゃん何をするつもり……」

「………」

ぶんっ！　とフェリサが片方の手斧を投げる。すさまじい速さで斧が、まるでブーメランのように飛んでいく。

「きゃああ……！」「バイクがぁ……！」

びりびり、と空気を震わすほどの衝撃を生む。

フェリサの投げた手斧は、灰猛牛の体を、まるで濡れた紙のように容易く引き裂く。

人外魔境の大地が、フェリサの手斧が通ったあとに血の海に沈んでいく。

この間、ほぼ一瞬だ。

「な、投げたと思ったら……すぐに手元に戻ってきてるわ……」

「ええ、これがフェリサの本来の戦闘スタイルです。ただ……」

フェリサはぶんぶんと手斧を振り回し、投げまくる。

彼女はこうして斧を何度も何度も投げては、遠くの敵を次々と狩っていく。

それだけじゃなくて……。

「ひぃい！　け、獣の死体の群れぇ……！」

フェリサの投げた斧は、無差別に周囲にいたものを虐殺してしまうのだ。

投石の方が、一発当たればそれ以上の被害はない。

だが手斧だと、斧の軌道上にあるものすべてが、フェリサによって命を刈られてしまう。

だから、普段狩りのときは、斧を使わないのだ。殺しすぎてしまうから。

「フェリサちゃん！　ガンマちゃんに替わって！　こっちにまで……ひぃ！　手斧飛んでくるんじゃないかって怖いから！」

弓の場合はまっすぐしか飛ばないから、併走してる先生たちに当たる可能性は万に一つもない。

一方フェリサの投げる手斧は、どこへ飛ぶのかわからない。

だから、味方に当たるリスクを減らして欲しいという要望が出るのは妥当だ。

「………」ふすー。

「フェリサのやつ、珍しくやる気出してるんで、やらせてあげてください」

「う、ううん……わ、わかったわ……」

しかし珍しいこともあるもんだ。フェリサは普段感情を表に出すような狩人《ハンター》じゃないのだが。

珍しく興奮してる……というか。力を見せつけてるみたいな、そんな気がする。

「………」

しきりに、フェリサはこっちを見ている。……よくないな。

俺は鷹の目で敵の群れのボスを、捕らえた。

いつものフェリサならすぐに気づくだろう。だが今は集中力を欠いてる。

「ちーちゃん」

「ぐわっ！」

乗せてもらってる地竜に、運転を任せる。

俺は魔道具である指輪に魔力を込めると、右手に黒い弓が出現。

黒弓を使って魔法矢を放つ。

「鋼の矢《ピアシング・ショット》！」

矢は放物線を描いて、ピンポイントで地面に突き刺さる。

ボスの眉間を打ち抜いた。よし……。

どどど……と灰猛牛たちは、猛進をやめて去って行く。

いったんバイクを止める。

「す、すごかったわねフェリサちゃん……まさに、死屍累々……」

周りには灰猛牛たちの死体の山が築かれていた。

「ん？　ガンマ君……、この岩盤に穴が開いてるのですが……？」

「それ、岩盤じゃないですよ。群れのボスです」

「「は……？」」

俺たちが一見すると、灰色の地面に見える場所。

しかしよくよく目をこらすと……巨大な灰猛牛であることがわかる。

「大灰猛牛《グレート・バッファロー》です。穴を掘ってそこに身を隠し、自然と一体化し、敵を捕食するんです」

「こ、こんなの知らなきゃ、普通にこの上通ってたわね……」

そう、多くの旅人はこの擬態を見抜けずに、ボスの餌食となる。

「フェリサ」

びくん、と妹が身をすくめる。

「群れのボスに気づかなかったな？」

「…………」しゅん……。

「力を誇示するようなやりかたは、狩人《ハンター》の戦い方じゃない」

「…………」しゅん……。

するとリフィル先生が近づいてきて、ぽん、とフェリサの頭をなでる。

「ガンマちゃん。多分ね、お兄ちゃんに認めてもらいたかったのよ、この子」

「認めて……？」

「うん。だって、この子と会うの数年ぶりなんでしょう？　狩人としてどれだけ成長したのか、見て欲しかったんじゃないかしら？」

……なるほど。気負いがあったのか。だから……狩りに精彩を欠いていたと。

フェリサが目を丸くしている。驚いているのがわかった。

先生が、彼女の心の中をぴたりと当てて見せたからだろう。

やっぱりうちの隊の人たちはみんなやさしいな。

「おまえの事情はわかった。ごめんな、叱りつけて」

「………」ぶんぶんぶん！

フェリサが勢いよく首を横に振る。リフィル先生は微笑んで言う。

「フェリサちゃんもお兄ちゃんの気持ち理解してるって。フェリサちゃんの成長を思えばこその、厳しい意見だって。ね？」

「………」こくこく！

じっ、とフェリサが先生を見つめると、抱きつく。

どうやら先生を気に入ったようだ。

「ふふ……♡　ほんとかわいいわ……♡　ほんと……あの子みたい……」

先生が悲しそうな表情になる。

あの子、つまり彼女の弟さんのことだ。死んでしまったと言っていた。

それも、自分の手でとかなんとか。

「………」ぐにー。

「あら？　ふぁーに？」

フェリサが先生のほっぺを摘まんで、横に伸ばす。

俺にもわかった。彼女が先生を励まそうとしていることが。

「ありがとう……フェリサちゃん」

「………」にこっ。

☆

ソノイの村を出発して、半日くらいが経過。

朝早くに出発して、今は日が暮れている。

俺たち一行は野営することにした。

近くにあった大岩に、俺は竜の矢をぶち込む。

大岩に穴を開け、そこで野営することにした。

「……ガンマちゃん。相変わらずすごいわ……すごいけど……すごいけども……」

「どうしたんですか、リフィル先生？」

軍医のリフィル先生が、ぐったりした調子で言う。

「隊を離れて改めて思うけど……ガンマちゃんってなんというか、色々ずれてるのね……」

「え、え？　ず、ずれてますかね……俺……？」

先生からそんな意外な言葉が飛んできた。そ、そんな……ず、ずれてるだと……？

大人の先生が冗談で、そんな事言うとは思えない。これはマジなんだろう。え、え、うそ……。

「お、オスカーや隊長と比べたらまともだと自負してたんですが……」

「まあバカとエロとくらべたら、大分ましよ。ただ……はあ。ガンマちゃんも、変わり者集まるこの隊に、来るべくして来た、変わり者だったのね」

話、え、それで終わり？

もうちょっとわかるように言って欲しい！

俺も同類ってことか……。オスカーや隊長と？　いや、別にあの人たちが嫌いってわけじゃないけど、同じグループでくくられると、すごい不服なんだが……。

「今夜はここで一泊ですかねえ。みなさん、ご飯作れる人はぁ？」

俺が手を上げる前に、フェリサが両腕をババッ……！　と上げる。

ふすふすと鼻息を荒くしながら、自分が炊事当番をすると主張してきた。

「フェリサちゃんがご飯作ってくれるの？」

「…………」こくん！

「わーたのし……み……」

一瞬にして、先生の顔色が青くなる。何かに気づいたようだ。

「ふぇ、フェリサちゃん……もしかしてだけど、お夕飯って……虫？」

「…………」こくん！

まあうちの民族料理と言えば昆虫食だしな。フェリサも食材《むし》を持ち込んでいたし。

地竜に結びつけていた鞄をおろして、中からムカデを「ちょーーーーーーーーーーーーーーーーっとまったぁ！」

先生がフェリサを後ろから抱きかかえる。

何するの？　と妹が先生を見上げて無言で尋ねる。

先生はぶるぶるぶる！　と強く首を横に振る。

「フェリサちゃん、今日は疲れてるでしょ？　戦闘で。お、お姉さんが作ってあげるわっ！」

おお、先生の手料理か……！

確かにフェリサは今日頑張ったしな。気を遣ってくれてありがたい。

それに先生の料理がどんなものか気になるからな。大人の先生のことだ、さぞ、美味しい料理が出てくるだろう。

「あれぇ？　確かリフィル先生ってぇ……」

とリヒター隊長は何事かをつぶやこうとする。

先生は隊長の口を押さえて、真顔で首を振った。

「朝昼晩と虫は……さすがにお姉さんも無理」

「もが……そうですかぁ。慣れるとおいしいですよぉ？」

「かもしれないけど虫ばっかりじゃ栄養が偏ってしまうでしょ。だからほらね、ね、ね
……!?」

「そ、そうですねぇ……」

いつも大人の余裕を見せる先生が、鬼気迫る表情で隊長を組み伏せていた。

そんなに料理番をやりたかったのだろうか。

……たぶん、俺たち兄妹にばかり戦わせて、自分は戦闘に寄与してなかったことを、気にしてるのかもしれない。

そんなの気にしなくていいのに、優しい人だ。

先生が料理の準備をしている間、俺たちは今後の方針を、隊長と話し合う。

「ちょうど半分くらいまで来ましたねぇ。ここから円卓山《テーブルマウンテン》に入るわけですがぁ、内部の情報ってどれくらい把握してますかぁ？」

「山の麓くらいまでは。山頂は入ったことないですね」

「おやぁ？　狩猟民族さんたちもですかぁ？」

俺とフェリサはそろってうなずく。

「あの山って、山頂がテーブル……つまり平たいんですけど、そこは神聖な領域って言われてて、俺たち部族は入ったことがないんですよ」

「なるほどぉ……ですが、人の眼につかない場所は怪しいですねぇ。そこに魔蟲族が巣を作ってたとしたら……」

……十分にあり得る話だ。

今まで魔蟲族の魔の字も、俺が十数年いて見かけなかったんだ。

俺たち部族の眼に留まらない場所は、十分怪しいと言える。

「ガンマ君たちは麓で待機してもらいますかねぇ」

「まあ、俺は集落を抜けて帝国軍人になったんで、入っていい……んじゃないかと。フェリサは無理ですけど」

確証は持てないけど、俺はもう軍に所属してる。部族じゃない。

屁理屈だとは俺も思ってる。けれどここで魔蟲族を放っておくリスクの方が大きい。

脳裏によぎるのは、リヒター隊長の兄、ジョージ・ジョカリが見せた、あの大量の改造人間たち。

あのイカレタ科学者が魔蟲族のやつらと手を組んでるとなると、時間が経てば経つほど、やつらは厄介に進化していくと思われた。

改造人間なんていう、おぞましい生物兵器を短時間で開発してしまうんだから。

「まあガンマ君のおじいさんに怒られたら、ボクに命令されたってことにしておきましょー」

「……いいんですか？」

確かに軍人なら、上の命令は絶対だ。それに逆らえなかったと言えば、責任は半減する。

というか、隊長に迷惑がかかるんじゃ……。

にこっ、とリヒター隊長は笑って俺の頭をなでる。

「矢面に立って部下を守るのは、上司の給料の一部ですからぁ。気にしなくていいんですよお」

「隊長……」

彼女の表情からは悪意を感じられない。部下を思いやる温かみを思わす笑みだった。

……ジョージ・ジョカリ。兄貴はあんななのに、リヒターさんはこんなにも優しい。

彼はどこで、道を間違えてしまったのだろうか。

「しかし問題がありますねぇ。円卓山までの道のりはわかっても、現地の、とりわけ山頂部の地図はわからないんですかぁ」

「そこは俺のスキルと、隊長のドローンでなんとかするしかないですね」

「ですかねぇ。まあ一人くらい、現地のガイドがいると助かるんですけどねぇ」

と、そのときだ。

ゴゴゴゴゴ……！　と大岩全体が揺れ出したのである。

「なっ、なにかしらっ⁉」

鍋を持ったリフィル先生が慌てて周囲を見渡す。

鳳の矢が反応してる。

「敵です」

「みたいですねぇ。ドローンで様子を……って、なんですかこれはぁ……」

タブレットを見ている隊長が、困惑している。

『た、たすけてや ー!』

外から悲鳴が聞こえてきた。

「フェリサ、いくぞ!」

「……」こくん!

俺たちは武器を手に、洞窟の外へと出るのだった。

☆

夜、荒野のど真ん中。

外から悲鳴が聞こえてきたので、様子を見てみる。

鷹の目スキルを発動させ、周囲の状態を探る。

「なんだ? 見当たらないぞ……」

周囲一帯に敵影は見当たらない。

どこだ、敵は……。

ぐいっ……! と誰かに背中を引っ張られる。

そのまま俺は空中へと飛んでいく。

「フェリサ……!」

鷹の目を解除。俺を後ろに放り投げたのは、妹のフェリサだ。

彼女が立っていた場所に、巨大な何かが出現する。

「竜の矢！」

巨大な何かにめがけて俺はとっさに魔法矢を放つ。

妹を喰おうとしていた存在をジュッ……と焼いた。

フェリサは空中で身を翻し、軽やかに着地。

「すまん、助かった」

俺は弓を使う狩人だ。

明るいところ、開けた場所での狩りを得意とする。

また、鷹の目スキルは鳥瞰を可能とするが、地上の敵、そして近くの敵には気づきにくい弱点がある。

「フェリサ。敵は、地下だな？」

「…………」こくん。

フェリサが地面に耳をつける。

「何してるの、フェリサちゃんは？」

後れてやってきたリフィル先生が俺に問うてくる。

「フェリサは音で、敵の位置を探ってます」

「はい。俺が目がいいのと同様に、フェリサは耳がいいんです。普段は耳に詰め物してますけど」

なるほど、とリヒター隊長がうなずく。

「あんまりしゃべらないのは聴覚が鋭敏すぎるからなんですねぇ。自分の声で聴覚を麻痺させないように」

「音……？」

そのとおり。さすがリヒター隊長。

妹が敵の位置、およびもう一人を見つけたらしい。

俺は鷹の目を発動させる。周囲を探ってそれを見つける。

「敵は一体です。地中を高速で移動しています」

「ガンマちゃんの魔法矢で殺しきれなかったの？」

「多分再生持ちなんだと思います」

フェリサが顔を上げて、両手の手斧を構える。視線の動きから、敵の出現位置を予測。

二人で走り出して敵を誘導。

「フェリサ！　挟撃するぞ！」

俺とフェリサはタイミングを合わせて、左右に飛ぶ。

「グボロロォロロロロロロロロロロ！！！！！」

「でっけえ、ミミズだな……！」

このあたりじゃ見たことのない獣だ。

かなりの長さがある。体は瓦のように堅そう。だがぐねぐねとぜん動してる。

体表、そして円形の巨大な口には、びっしりと牙が生えていた。

「星の矢！」

「………」ぶん！

無数に分裂する魔法矢と、フェリサの投げた手斧により、ミミズは細切れにされる。

「やったの⁉」

「いや……まだですね」

リヒター隊長の言うとおり、まだ手応えを感じられない。

獣の命を摘んだときの、あの感覚。それがない。

「フェリサは先生たちを守ってくれ。俺はもう片方を助けてくる」

俺は魔法バイクを借りて、北西へと向かう。

どうにもあのでかミミズは、頭を二つ持っているようだ。

そういう動きをしている。

もう片方の頭は、誰かを追いかけてる。

『ひぃいい！　たすけてぇえやぁああああああああ！』

でかミミズが顔を出し、何かを追っている。

ぐぉ！ とその大きな口で、そいつを丸呑みにしようとしていた。

「蜘蛛の矢《キャプチャー・ショット》！」

白い魔法矢が飛んでいき、ぺとっ、と逃げてるそいつの体に当たる。

そこから一直線上に伸びた白線を手に、ぐいっ、と引っ張る。

『ひぎぃいいいいいい！ ひっぱられりゅぅううううううううううううう！』

蜘蛛の矢。捕縛用の魔法矢だ。

鳥もちのようにくっついて、敵を引き寄せたり、網状に展開して敵を無力化できたりする。

ミミズに喰われようとしていたそいつに魔法矢をくっつけて、引きよせる。

間一髪で喰われるところだった。

『どわっち！』

「……？ なんだ、こいつ……？ 蟲……？」

見たことのない生き物だった。

ぱっと見ると人形だ。かなり小さい。

だが背中には蟲のような、翅が生えてる。

「魔蟲族か……おまえ？」

『ああん？ なんやねん、あんな害虫とわいを同列に扱うんちゃうで！ わいは、妖精や！』

「妖精……」

『せや！　見てみぃ、こんなかわいいかわいい蟲がおるか？　おらんやろ！』

……よくわからんが、この翅の生えた小さな人間は、妖精という生き物らしい。

……妖精。

妖精郷、という単語は聞いたことがある。

そこと何か関連があるのだろうか……。

「おいおまえ」

『リコリスや！　おまえちゃうわ！』

「……リコリス。おまえ何に追いかけられてたんだ？」

『おお！　せや！　わいは砂蟲《サンドワーム》から逃げとったんや！』

「砂蟲……」

『せや！　最近魔蟲族のアホらが開発した、新しい蟲や！』

「！　魔蟲族……開発だと……！」

この妖精……リコリスのやつ、どうしてそこまで知ってるんだ？

敵か……？

『わ、わいは敵やない！　プリチーな妖精や！』

「！　おまえ……なんで俺の心を……？」

『そないなことどーでもええやろ！　なああんた、助けてくれへん？　わいあの砂蟲《サンドワーム》に命狙われとんねん！』

「みたいだな」

ミミズ……砂蟲は方向転換して、こちらに向かってくる。

『助けておくれーや！』

……この謎の砂蟲の正体を知っていたこと。そして、魔蟲族側の内部事情を知ってる感じだ。

有益な情報を引き出せることだろう。

狩るのは、いつでもできそうだし、ここは助けてやるか。

「あとで事情話せよ」

『おおきに兄さん！』

☆

『あいつは獲物をずぅっと追いかけてくるで！　かんっぺきに倒してや！』

追い払うのでなく、完璧に倒せか。

俺はフェリサとともに荒野をかける。

地中に潜ってる砂蟲。

「…………！」

耳のいいフェリサは敵の出現タイミングを探ることができる。

俺を捕食しようと、足下からやつが出現。

そのまま俺を食おうとしてくる。

だがフェリサからのアイコンタクトもあって、それを回避することに成功。

「星の矢！」

「…………！」

俺は右側面から、無数に分裂する魔法矢を放つ。

フェリサは鎖付きの手斧をブーメランのように投げて、砂蟲をズタズタに引き裂く。

魔法矢と斧で、相手を粉みじんにしたのだが……。

「グボロオォオオオオオオオオオオオオオオオ！」

反対側から、また砂蟲が出現する。

蜘蛛の矢を近くの岩に貼り付け、その伸縮を使って俺は瞬間移動。

敵に食われることはなかった。

フェリサは斧を投げて追撃するものの、すぐにやつは地中に潜ってしまう。

今のやりとりを見ていたリヒター隊長が言う。

「どうやら砂蟲は再生能力を持つようですねぇ。片側の頭部が残っていれば、そこから新しい胴体が生えてくるようです」

厄介この上ない。ミミズのやつは、地中を移動している。

地上に顔を出すとき、もう片側の頭は地中だ。

いかに地上のミミズを粉々にしたとしても、地中の頭が残ってる限り、無限に再生してくる。

「やつを地中から地上へ追い出すのは、難しそうですね」

「ガンマ君の言うとおりですねぇ。捕縛して引っ張り出そうとしても、あの速さでは捕らえられませんねぇ」

「と、なると内部からの破壊でしょうか」

「それが妥当なところでしょーう」

フェリサの獲物は手斧。内部から一気に爆破するようなまねはできない。

となると俺がやつに食われて、中から爆裂系の魔法矢で狙撃するのがベストか。

「だめよ、ガンマちゃん」

ぽん、とリフィル先生が俺の肩を叩く。

「それだと、中にいるガンマちゃんが火傷しちゃうわ」

「先生……でも、先生の治癒があれば、火傷はすぐ治りますよね？」

「ええ……でも、痛いのはいやでしょ？　誰でも」

「大丈夫です。狩りに怪我はつきものですし」

「だめ」

リフィル先生が、珍しく有無を言わさない感じで言う。

「あなたが大丈夫でも、周りはあなたが傷つくことで、心が傷ついてしまうわ」

「先生……」

確かに、独りよがりな意見だったかもしれない。

俺一人が痛みに耐えればいいと。

狩りをするときはずっと一人だったから。

「ガンマちゃん。今は狩りじゃないわ。チームで戦ってるのよ」

「チーム……」

「もうあなたは荒野を一人で駆ける狩猟民族じゃない。仲間のために戦う帝国軍人の一人でしょ」

そうだ。そうだよ。俺はもう、違う場所に来たんだ。

くそ……なにやってんだ。俺は前のパーティで、独りよがりなプレイをした。

俺一人が黙々と仕事をしていればいいと。功績が目立たずとも、それが仲間のためになると思って、勝手に重荷を背負って……その結果、パーティを追われたじゃないか。

独りよがりになるんじゃない。自分だけを犠牲にするんじゃない。

仲間のために、仲間と戦う。それが軍人のあるべき姿じゃないか。

「すみません。リフィル先生。一人で突っ走るところでした。力貸してもらえますか?」

「もちろん♡　お姉さんに秘策ありよ♡」

先生が手短に作戦を説明する。

「そんなことができるんですか?」

「まーね。お姉さんは回復要員だけじゃないのよ」

それならいけるかもしれない。

「フェリサ!　聞こえてるな!」

離れた位置で、ひとりで敵を引きつけているフェリサに言う。

彼女は耳がいいので、先生の作戦が聞こえていたはずだ。

俺はフェリサと、砂蟲を挟撃する。

やり方は一緒。星の矢と手斧による、物量で推す作戦だ。

『あかんて!　それじゃさっきと同じじゃ!　地上の砂蟲をやっつけても意味ないやん!』

妖精リコリスからのツッコミ。そう、これは向こうにもそう思わせるための布石。

やつは片側が破壊されると、再生する時間を取るため、逆側に逃げる。

その習性を逆手に取る。

ちょうど逃げた先にリフィル先生が立っている。

やつはちょうどいい獲物がそこにいると思っただろう。

俺たちから離れてるし、武器を持ってる感じでもない。
砂蟲が大きな口を開けてリフィル先生を飲み込む。
『さっきのおっぱいお化け食われとんやん！　死んでもうたやんけーー！』
リコリスが叫ぶ。そう、向こうも思っただろう。
だが……。
ぼこっ！　と砂蟲の胴体が膨らむ。
ぼこっ、ぼこっ、ぼこっ！　と連続で砂蟲の体が膨れ上がっていく。
どばんっ！　という音を立てて、砂蟲の体が内側から、爆発四散した。
衝撃によって地中にあった砂蟲の体も、地上へと飛び散る。
「蜘蛛の矢！」
俺は肉片の中からリフィル先生を見つけだし、蜘蛛の矢を貼り付ける。
そのままぐいっと引っ張ると、先生がこちらに飛んできた。
俺はそのままキャッチ。
「ふぅ、上手くいったみたいね」
『なんや今の⁉　爆発したで⁉』
リコリスが先生に尋ねる。
「治癒魔法の応用よ。細胞を超再生させたの」

治癒の魔法は細胞を活性化させ、失ったものを補填するらしい。だが過剰に活性化させると、細胞が逆に壊れるそうだ。

「…………！」

フェリサはその間に手斧を投擲。

鎖で肉片をすべて一ヵ所に集めて縛り上げる。

先生が俺の体にしがみついている。

俺は魔法矢を構えて放つ。

「鳳の矢＋竜の矢」

俺は魔法矢を二つ出現させる。

合成矢。ふたつの魔法矢を併せることで、より強い威力の魔法矢を作る技術。

「爆竜の合成矢《エクスプロージョン・ノヴァ》！」

青く輝く炎の矢が一直線に飛んでいく。

矢が砂蟲の肉塊にぶつかると同時に、すさまじい爆発を起こす。

爆風、そして熱波によって、砂蟲の細胞がボロボロと崩れていく。

爆竜の合成矢は、爆裂の魔矢。

高火力の魔法矢を併せることによる、周囲一帯の酸素をすべて消費させるほどの、異次元の火力を発揮する。

……たしかに、閉所でこれを使うのは自殺行為だ。爆風によるダメージを防げたとしても、後にやってくる酸欠によって俺は失神してたろう。

「狩りと、戦いは違う……か」

身をもって実感することができた。

「うん、よくできました♡」

ちゅっ、と先生が俺のほっぺにキスをしてきた。

彼女はずっと俺に抱きついたままだった。

「お、降りてください」

「やーよ♡」

ぎゅ～～～～とくっついてくる先生。

一方で仲間たちがぞろぞろと近づいてくる。

は、恥ずかしい……。

フェリサはいらついていた。先生はニヤニヤと笑ってる。妖精のリコリスは唖然とした表情をしていた。

『信じられへん……砂蟲倒すなんて……ばけものか』

「いやぁお見事でしたねぇ」

「…………」げしげし。

まあ何はともあれ、敵を倒せて良かった。大事なことも学んだしな。

☆

俺たちは砂蟲を撃破した。

その後、さっきの洞窟へと戻ってくる。

『いやぁ、あんさんら……お強いなぁ！　砂蟲ぶっ倒すなんて、やるやんなぁ！』

妖精リコリスが笑顔で拍手している。

妖精。初めて見るが、人間に近い見た目をしている。

ただ、手のひらに収まるようなサイズに、背中から生えてる翅が、人間とは異なる。

人間のような蟲。それはどこか、魔蟲族を彷彿とさせた。

『わいは魔蟲族とはちがうちゅーの』

思ったことを、そのまま言い当てて来やがった。

こいつ……まさか……特殊な力を持ってるのか？　心を読む……とか。

だとしたらますます怪しいやつだ。

『ちょちょちょ、まってーや兄さんらとやり合うつもりはないし、わいは魔蟲族とは違うさかい』

ちら、と俺はフェリサを見やる。

彼女は耳がいい。嘘をついてる人間の声音を聞き分けることができる。

フェリサがじっと俺を見つめてくる。他のやつらにはわからないだろうが、兄妹である俺たちには、今のアイコンタクトだけでわかる。

すなわち、妖精リコリスが嘘をついていないことを。

『よかったー、信じてくれて〜』

「……やりにくいな、心を読むやつとの会話は」

『まー、心読むっちゅーか、波長の合うやつの魂の発する波動を感知してる感じやな』

「波長？」

『せや。妖精は通常、人間には見えへんのや。今は魔法で可視化しとるけどな』

「なんで？」

『そうせえへんと、兄さん虚空に向かって独り言ぶつぶつ言ってる感じになるやろ？』

た、確かにそれは痛い……。

『ま、わいの読心術もそんなに便利やないってこった。その点、兄さんの嬢ちゃんの方が優れとるかもな。条件問わず、相手の嘘や感情の揺れを聴き取ることができるからな』

ふふん、とフェリサが得意げに胸を張る。

褒められてうれしかったのだろう。

にゅっ、と手を伸ばして、フェリサがリコリスをつかむ。

『な、なんや嬢ちゃん……？　どわー！　ほっぺすりすりやめーや！』

フェリサはどうやらリコリスが気に入ったらしい。お気に入りの人形にするように、ほっぺたですりすりしていた。

妹は昔から可愛い物すきだったしな。

『ちょ！　兄さん助けて！　この嬢ちゃんくっそ怪力！　逃げられへん！　死ぬ！　死ぬて！』

「はいはーい、遅くなりましたけど夜ご飯ですよー♡」

ちょうどそこへ、リフィル先生が夕飯を作って持ってくる。

一瞬の隙を突いてリコリスが脱出。

『あの嬢ちゃんも化け物や……』

「も、ってなんだよ」

『兄さんも含めてバケモンっちゅーこったな。しかしわーい、飯や飯～♡』

そういえば今日の夕ご飯は、先生が作るって言っていた。

俺やフェリサが作ろうとしたら、全力で止めてきたんだっけ。

昆虫食はもう嫌だってさ。しかしどういうご飯が出てくるんだろう。

リフィル先生は回復、戦闘、事務作業ととても優秀な軍人だ。

そんな彼女が作るご飯なら、きっと上手いに違いない。

『おほー…………………お、お、おおう？』

リコリスが真っ先に、先生の持ってきた鍋の中をのぞき込んで首をかしげる。

『あ、姐さん……？　なんやこの、丸焦げの物体は……？』

リコリスに続いて俺も、そして仲間たちも中を見る。

……たしかに、黒く焦げた物体が鍋の中にあった。

なんかこう、ドロッとしてる。焦げてるのに。なんで？

しかもボコボコ言ってて、底なし沼みたいだ。

匂いは……無臭。見た目のビジュアルが悪すぎる。

「……コメントに困りますよねぇ～……」

リヒター隊長だけは、ふぅとあきれたようにため息をついていた。

先生のこの泥を見て驚いてるそぶりは見せないので、すでに知っていたのだろう。

「あらどうしたの、みんな。食べないの？」

『わ、わいちょっと……泥はちょっと……か、カレーライスとかなら食べれるんやけどなあ！』

「泥？　いいえ、これカレーよ」

『そ、そうですか……』

リコリスがひきつった笑みを浮かべる。

気持ちはわかる、わかるぞ……。

これがカレー？　冗談だろ。完全に化学兵器だった。匂いこそしないが、味がやばいことは簡単に想像ができる。

どうする……と俺たちはお互いアイコンタクトする。

このままこの物体Xを食ったら、まず間違いなく腹を下す。かといって、残してしまったら先生が悲しむのは必定。せっかく作ってくれたし、なにより。

先生がこの泥を見ても、失敗だと思ってないあたりがやばすぎる。

「…………！」

ばっ、とフェリサが手を上げる。お、おまえ……行くのか？　行くのか⁉

フェリサがこくこくとうなずいた。

そういや妹はさっきの件もあって、少し仲が良くなったんだっけな。

多分友達の作った料理を、残したくないのだろう。

リフィル先生がついでくれた、カレー（のようなもの）を、フェリサが受け取る。

だ、大丈夫なのか……？　大丈夫なのか、妹よ！

「…………」

スプーンで一口掬って、口の中に入れる。

かっ！　と妹が目を見開く。

顔色がみるみるうちに悪くなって……。

だだだだ！　と外に出て行った。

「さぁさぁ、みんなも食べて♡　隊長。ほら、あーん♡」

「い、いやボクは……ふぎゅ！」

先生は無理矢理、隊長の口にカレーを突っ込んで。

「ふんぎゃぁぁああああああああああ！」

リヒター隊長は叫び声を上げながら外へと転がっていく。

「さて……残りは二人ね」

先生は、怪しいオーラを体から発していた。

逃がさない。言外にそう言ってるように感じた。

『わ、わいはこんなところにいられるか！　一人帰らせてもらうで！』

「あ、バカ……！　一人で行動すんな！」

リコリスはぎゅぅううん！と猛スピードで逃げようとする。

だが途中でふらついて、地面に倒れた。

『な、んや……ほれ……からに、ちから、はいれへん……』

「空中にごく少量の麻酔を散布してたのよぉ♡」

くそ……だから、俺も動けなくなっていたのか！

俺とリコリスが動けないでいると、先生がにんまりと笑う。

「おのこしは〜……許さないんだから♡」

……その後俺とリコリスが悲鳴を上げながら、洞窟の外へと転がっていた。

☆

リフィル先生の兵器……もとい、手料理を食べた俺たち。

しばらく腹痛でダウンしていたのだが、ようやく、腹の調子が戻ってきた。

ま、まさかあそこまでまずいとは……。よく吐かなかったもんだ。

食事を終えた俺たちは、妖精であるリコリスから事情聴取をすることにした。

妖精。手のひらサイズの人形に見える、翅の生えた生き物。

今まで十数年生きてきたけど、生で妖精を見るのは初めてだった。

おとぎ話の中の存在じゃなかったんだな。

『わいらは妖精や。元々は帝国の北部、妖精郷っちゅーっとこに住んどった』

リコリス曰く、妖精自体は世界中に存在はしてるらしい。

もちろんここ人外魔境の地にもいたそうだ。

妖精郷は妖精の王国的な立ち位置らしい。

「知ってるよ。というか、俺たちは帝国から来たんだ」

『なんやお隣さんやったんか。よくまあそんな遠いとこから来たな』

「そりゃこっちの台詞だよ。おまえはどうして妖精郷じゃなくて、西の人外魔境にいるんだ？」

すすっ、とリコリスが気まずそうに目線をそらす。

狩人の目を持たなくても、何かやましいことがあったんだなと察せられる。

「なんかやらかして、故郷でも追い出されましたかぁ？」

『ちょ、ちょっといたずらしただけなんだ！　なのに母ちゃんに妖精郷を追われてよぉ……！』

「まあどんなおいたしたかはさておきですがぁ……。リコリス君、君が逃げてきたのは円卓山、そうですね？」

『ああ。あそこの山頂から逃げてきたんや。せっかくわいが楽園つくったっちゅーのに』

リヒター隊長からの問いかけに、リコリスが不満げにそう答える。

「あらなぁに、楽園って」

『文字どおりの意味やで。緑生い茂げ、花々は咲き乱れ、果実たっくさんの楽園や。わい、頑張って作ったんやで。それをあの蟲どもめぇ……！』

どうやらリコリスは故郷の妖精郷を追われた後、新天地として円卓山を選んだみたいだな。

そこで魔蟲族からの介入を受けた……と。

「あそこで何があったんだ?」

『妙な髪色の変な人間が、蟲どもを引き連れてやってきたんや』

ぴくっ、とリヒター隊長の表情が一瞬こわばる。

蟲を連れた人間なんてそうはいない。いるとすれば改造人間を作ったあの男、隊長の兄であるジョージ・ジョカリ。

俺でも気づいたのだ。隊長はもっと早くから気づいていたに違いない。

ぎゅっ、と彼女が唇をかみしめる。自分の実の兄が悪事に荷担していたと知って、憤っているのだろうか。

『あのピンク髪男はあっちゅーまにわいの楽園を実験場に変えてしもおうた』

「円卓山を実験場にして、何を作ってるんだ?」

『そこまではわからん。ただ何人もの妖精が捕まっとった。わいもその一人や。仲間たちがわいだけを逃がしてくれたけどな』

円卓山には元々、ほかの妖精たちもいたそうだ。捕まっていた妖精がそいつらなんだろう。

仲間を呼んできて欲しい、ってところだろうか。

あそこで魔蟲族の実験が行われてる。そこに並の冒険者が行ったところで、返り討ちになるのが目に見えている。

　蟲の駆除は、俺たち帝国軍人の仕事だ。

『なあ、あんたら強いやろ？　おねがいや！　楽園を取り戻しておくれ！』

　ぽたぽたとリコリスが涙を流す。

『あそこには多くの仲間がいて、今なお酷い目にあっとるんや！　せやけど、わいひとりじゃどうにも、やつらに太刀打ちできへん！　頼む……！』

　俺は仲間たちを見回す。彼らの表情からは、リコリスに対する同情心がうかがえた。

　俺も同じだ。仕事でここに来たとはいえ、仲間との幸せな暮らしを理不尽に踏みにじった、あの蟲どもは絶対に許せない。

「任せてくれ、リコリス。俺たちが、おまえの仲間を救ってやる」

『ほんまか⁉　おおきに……！　おおきに……！』

　リコリスは何度も頭を下げる。

　ぼたぼたと涙を流す様から、よほど仲間たちが心配だったのがうかがえた。

「これからの作戦ですがぁ、いったん軍に報告し、援軍が来るのを待った方が得策ですねぇ」

『いや、そんな時間はあらへん』

「なに、どういうことですかぁ？」

『あのピンク髪の男は、おそろっしい実験しとった。巨大な蟲を作ろうとしてたんや』

「巨大な蟲……ですかぁ」

今でも十分、魔蟲はサイズがでかい。それを凌駕するとなると、もはや怪物といってもいいほどだろう。

そんな化け物が、この土地でのさばっているのか……。

『あいつが最高傑作って言ってた蟲が、明後日には完成するつっとった。叩くなら今夜や』

「明後日か……急だな。というか、俺らに会わなかったら、今頃どうしてたんだよ？」

運良く合流できたからいいものの、下手したら誰とも会えずに、巨大蟲が孵化していたかも知れない。そう思うとぞっとする。

『そんときゃ、仲間たちが捨て身の自爆魔法をかます手はずになっとったわ。わいは仲間の命がおしい。みんなと再会して、またのんきに暮らしたい。やから、手を尽くしたわけや』

次善の策はきちんと用意していたわけか。しかし、妖精は気合い入ってるな。

外に脅威を逃がさないように、自分たちの命を張るなんて。

「そうと決まれば、戻ってる暇はありませんね。報告をしたら、すぐに出発しないと」

こうして俺たちは、妖精からの依頼を受けることにして、一同、円卓山《テーブルマウンテン》へと向かうのだった。

3章

ガンマたちが妖精リコリスからの依頼を受けている、一方その頃。

人外魔境中央にある円卓山。その名が示すとおり、テーブルとなってる部分にて。

かつてリコリスたち妖精が暮らしていた森、楽園。

その緑豊かな森の中に、ひときわ異質な雰囲気を醸し出す建物があった。

一言で言うならば白亜の城。だがそれは近づいてみると、細い蜘蛛の糸でできていることがわかる。

糸を巻いて作り上げた巨大な城、それがこのオブジェクトの正体だった。

城の中には魔蟲族たちが徘徊して、城の中を守っていた。

魔蟲族たちは、廊下を堂々と歩く彼を見てその場にしゃがみ込む。

誰もがみな、彼が近づくと膝をついて深く頭を垂れていた。

と、そこで……。

『きゃはは』『待ってくれよー』

生まれたばかりの魔蟲族の子供が、こちらに走ってくる。友達と遊んでいるのに夢中で、近寄ってくる彼に気づかなかったのだ。

どんっ、と子供が彼にぶつかる。

『あ……ヴぃ、ヴィクター……様……』

彼の名前はヴィクター。

その見た目は、魔蟲族からすれば異質なものだった。

魔蟲族の見た目は人間くらいの大きさの蟲が、二足歩行しているようなフォルムをしている。

しかしヴィクターは違う。カブトムシを彷彿とさせる黒い鎧を着込んでいる。だが、全体の見た目は人間に近い。

浅黒い肌に、とがった耳、両の腰には二本の剣を指している。

どこか、武士のような見た目の男だ。そして魔蟲族とはかけ離れた見た目だ。かつて存在した、魔族に近い姿であった。

さて。子供にぶつかられたヴィクターはというと……。

『も、申しわけございませんヴィクター様！　無知なる我が子が、王直属護衛軍様に対して無礼を働き！　心からお詫び申し上げます！』

子供の親がかけつけてきて、何度も何度も頭を下げる。

王直属護衛軍。それは文字どおり、魔蟲たちの王ベルゼブブを守る、最強の魔蟲族たちのこと。

護衛軍が一人、剛剣のヴィクター。

す……とヴィクターは子供に手を伸ばす。

ぽん、とその頭をなでた。

「次からは、気をつけるのだぞ」

『う、うん……あ、はい！　わかりました、ヴィクター様！』

「わかればいい」

一兵隊である魔蟲族からしたら、護衛軍は上位存在。ぶつかるなど言語道断。

首をはねられてもおかしくない立場であったが、ヴィクターは子供のすることだと許したのである。

『ヴィクター様！　ありがとうございます！　殺さず、慈悲をかけてくださり！』

「気にするな。この小僧は、いずれ王を守る兵となるもの。王を守って死ぬのが我ら蟲の本懐。たかがぶつかったくらいで殺しなどするものか」

ヴィクターは子供の頭をなでながら言う。

「小僧。親の言うことをきちんと聞くのだぞ」

『はい！　おれも、ヴィクターさまのように、おうさまをまもる、りっぱな兵士になります！』

「その意気やよし。ではな」

ヴィクターが歩み去って行く。その後ろで、魔蟲族の親が何度も何度も頭を下げていた。

子供の目には、ヴィクターの姿が焼き付いて離れない。いずれ彼のような武人になることを夢見て、これからより一層の訓練に励むだろう。

さて。そんなヴィクターが向かった先は、城の最奥部。

そこには巨大な繭があり、その周りに計測器がいくつも並んでいた。

「やぁ、剛剣のヴィクター。私に何か用かな？」

「……ジョージ・ジョカリ」

白衣を着た、桃色髪の男。ジョージ・ジョカリ。リヒター隊長の実の兄だ。

見た目は確かにリヒターに似ているものの、その表情からは形容しがたい邪悪さのような物がにじみ出ている。

「我は王より、貴様を見張る任を受けて参上した」

「それはご苦労なことだね。まもなく巨大蟲は完成する。夜が明ければ繭から成体が出てきて、この土地の命を根絶やしにするだろうね」

ジョージは人間であるが、その科学技術を人間の平和のために使う気が全くない。

彼の興味の対象は、生命の進化。より強い種を、自らの手で生み出すこと。

今回の巨大蟲作りは、彼の実験の一つである。

「この実験体が、王を守ることに寄与するのであろうな？」

「え？　そんなわけないだろ？　これは実験さ。私が最強種を生み出すた――」

きんっ……。

ぽと……。

ヴィクターが剣を鞘に戻すと同時に、なんとジョージの首がぽとりと地面に落ちたのだ。

それは本当に一瞬の出来事だった。ヴィクターは剣を抜いて、距離を詰め、そしてジョージの首を刈ったのである。

「いきなり斬りかかるなんて、酷いじゃあないか」

頭部だけになったジョージがしゃべり出す。

ヴィクターは特に驚いた様子もない。

首なしの死体は転がっている自分のものを手に取って、頭部を正しい位置に持って行く。

触手のようなものが切断面から伸びて、あっという間に頭部と胴体を接合した。

「……相変わらず、気色の悪い体だ」

「見解の相違だね。素晴らしい体じゃないか。不老不死は人類が文明を築き上げてからの夢なのだよ？」

「くだらん。興味もない」

「ああ、そうかい。ま、蟲の細胞を取り込んだ私を殺すのは至難の業だろうから、あまり無駄なことをしない方がいいと助言しておくよ」

すでに、ジョージは人間をやめていた。それはそうだ。最強種を生み出すのが彼の目標。

人間なんて脆弱な種族であると見下している彼が、人間のままであるはずがない。

「……人を捨てた、化け物が」

「それは褒め言葉だと受け取っておくよ。私は人間であることに特にこだわりはないからね。妹とは、違ってね」

天才科学者であるジョカリ兄妹。兄は人間にさっさと見切りをつけ、最強種を生み出そうとしてる。

対して、妹は人間の可能性に希望を見いだして、あくまで人間としての強さを追い求めているのだ。

「ところで君、今暇かい？　ならちょっとお使いを頼みたいのだよね」

「貴様の命令を聞く義理はない。我は王の命令でのみ動く」

「固いねえ……。まあもっとも、私はその王様から指揮権を託されてる立場にあるんだが？」

ヴィクターは忌々しげにジョージをにらみつける。当の本人はどこ吹く風。

魔道具タブレットを操作すると、空中に光魔法で作られた、ヴィジョンが出現する。

黒髪の弓使い、ガンマ・スナイプ。

「なんだこの人間は？」

「その子はちょっと厄介な子でね。彼がこの巣に近づかないようにしてくれないかな？」

「………………」

「おや、もしかして子供は殺せないとか、そんなぬるいことは言わないよね？」

ジョージからのあおりに、ヴィクターは鼻を鳴らして言う。

「当然だ。我が守るべき命は蟲たちのみ。人間の餓鬼など我にとっては路傍の石も同然よ」

「ああそう。ならさっさとどけておいてくれないかな？　実験の邪魔をされたくないからね」

ヴィクターは少年の顔を覚えると、その場を後にする。彼がいなくなった後、ジョージはくつくつと笑う。

「頑張ってくれよガンマ君。君にはすごく……期待してるんだからね」

人間であることを捨て、人間にとうに見切りをつけている彼が、唯一、興味を持っている存在。

それが、ガンマ・スナイプという少年なのだ。

彼が、それだけ特別な存在であるという、何よりの証拠であった。

☆

俺たちは妖精リコリスとともに、敵の本拠地である円卓山へと向かった。

魔法バイクを飛ばし、明け方前には山の麓に到着したのだが……。

「これは……どうやって登ればいいのかしらね……？」

リフィル先生が見上げながら尋ねる。俺たちの前には、そびえ立つ自然の壁がある。

表面がボコボコしてはいるが、しかしどう見てもただの岩壁だ。山道なんてものは見当たらない。

『ここが円卓山や。これは一枚岩でできとる。人間が登ることを想定されとらんから、頂上への道はあらへんな』

「となると、この岩壁を登っていく必要がありますねぇ……」

リヒター隊長がドローンを飛ばしながら言う。

「大体高さは五〇〇メートルくらいでしょうかねぇ」

「さ、さすがにこの高さを登るのは……お姉さん無理ね」

「奇遇ですねぇ、ボクもですよぉ。見たところ岩壁に窪地などの休むところなんてありませんし。ロッククライミング五〇〇メートルなんて、インドアなボクやリフィル先生には無理ですよぅ」

俺と妹のフェリサなら、簡単に登れるだろう。

だが先生たちは地上に残すことになる。

二手に分かれるか？　いや、本番は山頂に着いてからだ。もしも魔蟲族の作ってる、その巨大蟲とやらが物理的手段で破壊できないとしたら、隊長の力が必要となる。

「つまりこの山を、どうにかして全員で登る必要がありますね」

『人間は不便やなぁ。翅がないなんて』

裏を返せば、妖精や魔蟲たちはこの岩壁を易々と踏破できるということだ。

「……便利な翅がないから、人間は道具を作るんですよぉ」

リヒター隊長が小さく……けれど、はっきりと言う。

そこには強いこだわりというか、意思のような物を覚えた。

「高いところにいる獲物を獲りたいから弓が開発されましたぁ。そりゃ、人であることを捨て、鳥に生まれ変われば高いところの餌を取れるでしょうけど」

ぎゅっ、とリヒター隊長がこぶしを強く握る。

「ボクは、人である可能性を捨てたくないですねぇ……。死して賢者に転生するより、たとえ背中に翅がなくとも、空の飛び方を模索する愚者で有り続けたいです」

「隊長……」

まるで何か、別のことについて言及しているように思えた。

「ま、そーゆーわけで。我々の手札を使って、山頂まで行こうじゃないですかぁ」

『そうは言うてもな、姉ちゃん。そないひょろい腕でこの大岩を登るのは不可能やで？』

「ええ、ですからボクは、自力で登るようなことはしませんよぉ」

『じゃあどないすんねん？』

「自力で無理なら、他に頼ります」

『ほかってなんやねんな?』

リヒター隊長は鞄から、ポーションを取り出す。

「困難な事態に直面したときに、諦める以外の選択肢を作る。そのために道具はあるんですからねぇ……」

隊長はそう言って笑うと、俺たちに作戦を伝える。

☆

リヒター隊長からの作戦を聞いて、俺たちはそのとおり実行する。

「じゃ、いってきます」

「ガンマちゃん、無理しないでね」

円卓山のふもと、俺はフェリサと一緒に立っている。

ただし、フェリサは俺の体に赤ん坊のようにしがみついていた。

「フェリサちゃんも、怪我しないようにね」

「…………」むふー。

フェリサが満足そうに鼻を鳴らしていた。どうやらこの格好がお気に入りのようだ。

くっついてるのがいいのだろうか。

「じゃ、ガンマ君。手はずどおりに」

「はい。それじゃ」

俺は黒弓を山なりに構える。

「蜘蛛の矢」

白い魔法矢が一直線上に飛んでいき、岩壁に張り付く。

この魔法矢は接着性と弾力を持つ。矢で当てた部分と黒弓の間に1本の、文字どおり蜘蛛の糸が伸びているような状態だ。

これは命綱であると同時に、長いゴムのようなもの。

『なんや、兄さん。なにすんねん？』

「リコリス。俺に捕まってないとおいてくぞ」

魔法矢の伸縮性はこちらで調整できる。

俺は魔法矢の伸びる力を解除する。すると、限界まで伸びたゴムのように、魔法矢が勢いよく縮む。

ぐんっ！　と俺たちの体は頭上へとひっぱられ、まるで魔法矢のように飛んでいく。

「すごいわ！　空へとひっぱられ、すごい勢いで飛んでいく！」

地上で先生が驚いていた。

リコリスはしっかりと俺の肩につかまっていたので、振り落とされることはなかった。

俺たちはゴムの縮む力を利用して、蜘蛛の矢の着弾点まで一瞬で距離を詰めた。

まだまだ、山頂には到着しない。

岩壁にくっついた魔法矢を命綱として、岩壁にぶらさがってるような体勢だ。

『こ、このあとどーすんねん……？』

「簡単だよ。後はこれを繰り返す」

『ちょっ⁉　またあれ繰り返すん⁉　結構体に負担が……』

俺は岩壁に足をつけて、弓を構える。

すぐさま蜘蛛の矢を山なりに撃つ。

あとは撃つ、引っ張られるを繰り返しながら……。

ものすごい短時間で、俺たちは山頂までたどり着いた。

『に、兄さん……やばいな。あない不安定な足場で、正確に狙撃をするなんて』

「そんなすごいか？　空中でもよく狙撃とかするぞ」

『普通、自分が動いてる状態で矢を当てるのは難しいんやで……しかも一歩間違えれば二人とも地面に頭から真っ逆さまって状況で、この冷静さ。すごすぎやで……』

動きながらの狙撃も、危険な状況での狩りもどちらも幼い頃から経験してることだ。

だから、特別なことに思えなかった。

『ほんで兄さんたちは山頂ついたけど、地上の二人はどないすんねん？　まさか蜘蛛の矢で引っ張り上げるんか？　体にかなり負担かかるけど？』

『そんなことはしないよ』

俺は隊長からもらっておいた、一つのポーション瓶を取り出す。中には黒い液体が入っていた。

『なんやそれ？』

「魔法ポーションだ。この液体の中に特定の魔法を閉じ込めておける」

俺は自分の影に向かって、ポーション瓶を落とす。

ぱりんという音とともに、俺の影がうごめく。

ずずず……と影の中から隊長たちが現れた。

『んなっ⁉　て、転移魔法やとぉお⁉　そない高度な魔法の使い手がここにおるのか⁉』

「違いますよぉ。それはアイリス隊長……メイベル君のお姉さんの魔法です」

アイリス隊長は影呪法という、影を使った特別な魔法を使える。

魔法ポーションに入っていたのは隊長の影呪法。

彼女の影呪法には、影と影とをつなげて、転移するという術が存在する。

「まず俺たちが先んじて山を登り、影呪法を使って、隊長たちは俺の影にめがけて転移するって作戦だったのさ」

『な、なるほど……持ってる手札を使って、見事この岩壁をのぼりきったわけやな。にんげんは……すごいなぁ……』

ちなみにフェリサをなんでおんぶしていたかというと、もし山を登っている最中、敵に襲われた際に戦ってもらうためだ。

俺が登るのに集中していて、敵にまで手が回らないからな。まあ、空中で敵に襲われることはなかったけどな。

「ほらフェリサ。もう降りなさい」

「…………」ぷいっ。

「フェリサ？　降りろって」

「…………」ぶんぶんぶん！　ぎゅー！

しばらく妹は俺の背中から降りようとしなかったのだった。

☆

「テーブルっていうより、お盆ねこれは」

山頂に立つリフィル先生が眼下の様子を見下ろしながら、そう評する。

俺たちが登ってきた崖の反対側には、大森林が広がっていた。

上から見ると山頂部をくりぬいて、そこに森が生えてるような感じだった。

鷹の目を使って確認して見るも、かなり視界が悪い。

「リコリス。森を覆っている、あの紫色のモヤみたいなのはなんだ？」

『なんや兄さん、瘴気を知らんのかい？』

「しょうき……」

なんか前に聞いたことがあるような気がするが忘れてしまったな……。

すると科学者であるリヒター隊長が説明をする。

「人間が吸い込むと人体に多大なダメージを与える有毒ガスのことですよぉ。妖精郷の森にも同じガスが充満しておりますねぇ」

妖精郷とは帝国北部に広がる大森林のことだ。

そこは妖精のすみかになっており、また、俺たちの仇敵である魔蟲たちもうじゃうじゃいる。

そうか、瘴気って単語は帝国軍に入ったときに説明を受けていたな。

「今ドローンを飛ばして大気中の瘴気濃度を計測しましたがぁ、妖精郷並の濃度の瘴気が充満してますねぇ」

「それって、大変じゃないの。だって妖精郷って何の装備もなしじゃ中に入れないんでしょ？」

「そのとおり。酸素ボンベやガスマスクなしで入るのは、自殺行為ですよぉ。もちろん、そんな装備はここにありませんねぇ」

当然だ。もとよりこの円卓山が妖精郷と同じ、瘴気に満ちる森になってるなんてわかっていなかったからな。

あくまで今回の依頼は、この人外魔境の地で魔蟲族を見かけたから調査しろってものだったわけだし。

瘴気の中を調査する用のアイテムなんて持ってきていない。

「さてどうしましょうか。魔蟲族は楽園の森の中にいる。けれど森の中は瘴気が満ちていて入れない。ガスマスクはない」

「いちおう浄化ポーションは持ってきてますがぁ、さすがに数が足りませんねぇ」

リヒター隊長が空色のポーションを取り出す。

「浄化ポーションってなんですか？」

「毒や呪いを解除するポーションですよぉ。ただこれは、あくまで体内の異物を浄化するだけですのでぇ」

浄化ポーションがあってもガスの森の中を歩けるようになるわけじゃない。バリアが張られるわけじゃないんだし。

『なんやほんま、人間って不便な生き物やなぁ』

ふと、俺は気づく。

「なあリコリス。おまえはこの瘴気のなかでも、平気なのか？」

『おう、全然問題あらへんよ』

リヒター隊長はじぃっとリコリスの翅を見つめる。

この妖精が羽ばたくたびに出る鱗粉に着目しているようだ。

「詳しく調べないとわかりませんがぁ、この鱗粉が瘴気を中和してる……のでしょうねぇ」

「あら、じゃあ簡単じゃない。みんな固まって、リコリスちゃんの後についていけばいいのよ」

リフィル先生の言葉に、ぽんっとフェリサが手を叩く。

確かにいい案に思える……だが。

『こんな大人数、カバーできるんかいな？　わいの出す鱗粉で』

「確かに難しいですねぇ……。ぴったりくっついて、一人分を中和できる感じですかねぇ」

「それにまとまってるのは危険だ。万一敵と遭遇したとき、固まってると全滅のリスクが高くなる。それに、リコリスのそばを離れた瞬間、瘴気にやられてしまう」

俺の意見に、リヒター隊長が同意するようにうなずく。

「せめて鱗粉を増産できれば……ああくそ、鱗粉をラボに持ち帰れば、成分を分析して増産が可能なのに……！」

しかし、俺たちには一度帝国に戻っている時間はない。

リコリスの報告によると超巨大な蟲が実験によって生み出され、夜明けくらいには暴走を始めるという。

なんとしても後数時間で、蟲がふ化して暴れ回る前に対処せねばならない。

「私も結界魔法も浄化魔法も覚えてないし……ごめんなさい」

「…………」ふるふる
先生はもとより、フェリサも浄化の手段を持っていない。

リヒター隊長はラボに帰らないと無理。となると……。

「リコリス」

『なんや？』

「おまえの翅、少しだけ……分けてくれないか？」

『？　な、なんのために』

「新しい魔法矢を開発する。今、ここで」

『なっ⁉　魔法矢の開発やと⁉』

魔法矢。魔力で作られ、魔法の効果を発揮する矢のことだ。

「ガンマ君。それは無理です。魔法矢の開発には長い時間がかかると聞きますよぉ」

「確かに。宮廷魔道士のメイベルもそう言ってました。でも……大丈夫です。こと、魔法矢にかけてなら、俺は素材さえあれば、新しい魔法矢がすぐに作れます」

「……それが本当なら、前代未聞ですが……」

だがもう俺がやるしかないのだ。

「リコリス、頼む」

妖精は悩むそぶりを見せた。それはそうだ。妖精の翅は、俺たちにとっての手足と言ったパーツに等しいだろう。

それをちぎってよこせということは、痛みを伴うことだから。

だがリコリスは最終的にうなずいた。

『ええで』

「いいのか？」

『あたりまえやん。楽園を取り戻すためやからな。協力はおしまんで。……ま、まあ痛いのはいややけどな』

リコリスはそう言って、恐る恐る俺に翅を向けてくる。俺はちょっぴり翅をちぎる。

「ありがとう。大事に使う」

俺は右手で翅の一部を握りしめる。

魔力をこめ、いつもどおり魔法矢を作るイメージをする。

魔法矢の作り方はシンプルだ。原型となる素材（モンスターや鉱物等）に、俺の魔力を流し込み、混ぜる。

するとと魔力の性質に変化が起きる。

たとえば不死鳥の羽を素材に作った魔法矢は、炎の性質に魔力が変化した。

今回、妖精の翅を素材に魔法矢を作ったところ、同様に魔力の性質変化が起きた。

「……ラーニング完了」

俺はぎゅっ、と拳を握りしめる。

黒弓を取り出して、今習得した、新しい魔法矢を撃つ。

「妖精の矢《ホーリィ・ショット》」

俺の放った魔法矢は空中で光の球体へと変わる。

翅を生やした球体が、俺の周りをくるくると旋回しだした。

『こりゃ……驚いたで！　妖精や！　兄さん、妖精を人工的に生み出したんや！』

「すごい……すごいですよガンマ君！　魔力による疑似生命体の生成！　こんなの、宮廷魔道士はもちろん、宮廷錬金術師でもできる人はごく限られてる……！」

リヒター隊長すら驚いていたので、結構なことなのだろうか。

「今代でできるのは、天才錬金術師のニコラス・フラメルくらいですよ……すごい……ガンマ君……本当にすごいです！」

「リヒターちゃん。おちついて。この魔法矢はどういう効果があるの？」

「妖精の矢は文字どおり、妖精を擬似的に生み出す魔法矢です。妖精の鱗粉の恩恵を受け、瘴気の中でも活動できるようになります」

俺は人数分の妖精の矢を放つ。

先生たちの周りに疑似妖精たちが出現し、対象を妖精の鱗粉で守る。

「ガンマ君……君は魔法の才能すらぁあるんですか？」

「いや、なぜか知らないんですけど、俺の魔力には倒した獣や採取した素材の性質を、コピーする力があるんです」

「！　なる……ほど……そういうことですか……」

リヒター隊長はひとりだけ、納得したようにうなずいていた。

前から確かに疑問だったんだよな、俺の魔力の性質変化について。

「ガンマ君。帰ったら一度精密検査を受けてください」

「あ、はい。それはもちろん」

なにはともあれ、これで瘴気の満ちる森の中を進んでいけるようになったぞ。

☆

山頂の森は通常の森と違い、すべてがでかかった。

蟲も、木々も、全部のサイズがバグってる。

「おそらくですが、瘴気に含まれる成分が、動植物を巨大化させてるのでしょうねえ」

「栄養が豊富ってこと？」

「そのとおりです。栄養過多による細胞の過剰増殖。それがこの巨大な森を作ってるのでしょうねえ。ただその栄養は人間にとっては有害。だから取り込みすぎると人間は死んでしまうんですよ」

瘴気はあくまでも、人間にとって害悪という話か。

妖精リコリスの先導で俺たちは森の中を進んでいく。

鷹の目スキルは、この森では使えない。あくまでもこのスキルは、鳥瞰を可能にできる物。この緑生い茂る森の中では、木々が邪魔をして、その効果を十全に発揮できないでいる。

「…………」

ぴた、とフェリサが立ち止まる。

「敵のようです」

フェリサは耳がいい。獣が発する呼吸音や、足音から事前に敵を察知できるのだ。

俺は立ち止まって狙撃。魔蟲の頭をぶち抜く。

「ありがとう、フェリサ」

「…………」むふー。

正直、妹を危ない戦場に連れて行くことには反対だった。フェリサは病気の身だし、女の子だ。何かあってもしもがあったら……と。

　けれど今は、彼女を連れてきて良かったと思っている。耳がいいこの子がいるから、俺たちは安全に進めているのだから。

「頼りにしてるぜ、フェリサ」

「…………！」

　妹は両腕を上げて、何度もぴょんぴょんとその場でジャンプする。

「進みましょう、フェリサがいれば無敵です」

「…………！」むん！

　俺たちは深い森の中を進んでいく。

　フェリサが立ち止まるたびに、俺は狙撃を行う。

　本当にスムーズに探索がすすむのだが……。

「偉いぞフェリサ」

「…………！」むふー！

「すごいぞフェリサ」

「…………！」むふー！

「最高だぞ、フェリサ」

「…………！」ふふふふーん！

　とまあ……敵を倒すたびに、妹は俺からの褒めを期待するのだ。

褒めないとフェリサは拗ねてしまって、その場から動かなくなる。

みんなの前でやたらと妹を褒めるのは恥ずかしい……のだが。

今は緊急事態で、妹の耳だけが頼りな状況。多少恥ずかしいのは我慢だ。

「なんだか緊張感がありませんねぇ」

「仲のいい兄妹のいちゃいちゃを見せられてるからでしょうね♡　ふふ……♡」

『いやいや……あんさんら。いちおうここ敵のテリトリーやかんな。普通の人間じゃ、生きて帰れない魔境と同じ環境やからな』

妖精郷とこの山頂とは同じ環境であるという。

まだ行ったことないが、妖精郷での探索がもしあるとすると、フェリサが必要になるかも知れない……。

「…………」じー。

俺が考えごとをしていると、フェリサが俺を見上げてきた。

どうしたの、と目で聞いてくる。

「いや……なんでもないよ」

確かにフェリサがいれば、今後の胡桃隊としての活動の幅は広がるだろう。より安全に、より優位に、魔蟲族との戦いを進めると思う。

けれど……それはつまりフェリサを軍に入れるってことだ。

今回はあくまでも緊急事態だから入れたのであって、普段だったら絶対に俺はこの子を危ない場所に入れたくない。

それにフェリサは持病を抱えている。

病気をどうにかしない限りそもそもガンコジーさんがフェリサを、人外魔境の外へは連れては行かないだろうしな。

「………」むぅう。

フェリサが立ち止まって、頬を膨らませている。

「ん？　どうした？」

「………」むーー！

なんか急に不機嫌になったな。

「ガンマ君。君、敵を倒してましたよ。褒めてあげないんですか？」

「え？　あれ、倒してました？」

「無意識で狙撃してたんですねぇ、さすがです」

なるほど、考え事してる間、俺は敵を倒していたらしい。

でも兄がご褒美に褒めてくれなかったから、怒ったと。

「悪かったな。フェリサはすごいすごい」

「………」じー。

どうやら納得していない。もっと褒めて欲しいのか。

「すごいすごい」

「…………」ふぅ。

もうあきたんだよなぁ、みたいな、そんな感じがする。

ええっと……。

「フェリサ。たかいたかーい」

「…………」きゃっきゃっきゃ。

どうやらお気に召してくれたようだ。

褒め方を変えてやる必要があったんだな。

『まったくなぁ、あんさんら緊張感なさすぎやで……』

「ガンマ君ほどの狙撃手がいれば、危険な場所も楽々ってことなのですよぉ」

と、そのときだった。

フェリサの顔が、緊張でこわばったのだ。

「みんな、下がってください」

俺は弓を構えて上空を見やる。

そこには、空に立つ一人の魔蟲族がいた。

フェリサが緊張するほどの……強敵。

「我は王直属護衛軍がひとり、剛剣のヴィクター。侵入者というのは貴様らだな?」

「誰だ、おまえは?」

☆
「王直属護衛軍……どういうことかしら、リヒター?」

先生が息をのみながら、リヒター隊長に尋ねる。武人じゃない彼女でも、やつの体から放たれる覇気を前に、びびってしまっているのだろう。

「前から観測されていたことですよぉ。魔蟲族の組織形態は、生物学的に言えば蟻に近いんですよぉ」

「あり……?」

「ええ。女王がひとりいて、その周りに兵隊たちがいるんです。ヴィクターはその女王を守る
護衛の一人、ということでしょう……」

なるほど……だからか。

以前戦ったことのある魔蟲族と比べて、こいつから感じる危機感が、桁外れだということ。

「…………」

カタカタ……とフェリサが震えてる。わかる。俺たちは狩人だからこそ、わかるんだ。

敵が、どれくらいやるやつなのかを。

そしてこのカブトムシの鎧を着た、人間みたいな魔蟲族が……桁外れの力を持った蟲であることを。

なにせ、鳳の矢が反応できなかったのだ。

敵を自動で迎撃する魔法矢が、発動しなかった。……いや、発動する前に潰されたのだ。

こちらの魔法矢に気づいて、こちらが気づくより早く魔法矢を撃墜していた。

「ほう……」

空中で腕を組み佇立《ちょりつ》しているヴィクターと、俺との目が合う。

「貴様か。腕のいい狩人がいると思っていたが。なるほど……たしかに、いい闘気《オーラ》を持ってるな」

ヴィクターは静かにしゃべる。俺に興味を抱いている？

だったら好都合だ。俺はフェリサにアイコンタクトをする。撤退の指示を出す。

「………」ぶんぶんぶん！

フェリサが青い顔をして首を振った。

俺一人を置いて撤退することを拒んだのである。狩人は引き際が重要だ。

敵わぬ敵と判断したら、即座に引いて次善の策を立てる。それがいい狩人というもの。

妹も生粋の狩猟民族に生まれたのだから、それくらいの基礎は理解してる。

そのうえで、拒んでいる。俺を置いて行きたくないと思ってる、みたいだ。

「情……か。貴様ら人間《サル》にもそのような心があるのだな」

どうやら撤退をヴィクターに気取られたらしい。退路は、断たれたか。

なら次を考える。

「追い詰められたというのに、冷静だな小僧」

「当たり前だ。これくらい、ピンチでもなんでもない」

「フッ……強がるな小僧。我とて貴様が相当な使い手であることは承知している。だが……」

ヴィクターが、消える。

俺は即座に、そばにいた妹を左手で突き飛ばす。

ザシュッ……！

「ガンマちゃん！」「ガンマ君！」「…………！」

左腕が舞う。さっきまでフェリサのいた場所にヴィクターが移動していた。

やつは一瞬で距離を詰めてフェリサの首を斬ろうとしていたのだ。

その手に持っている大剣で。

バシュッ……！

「ほう……幻影か」

切り飛ばされた左腕と、そしてフェリサを突き飛ばした俺が消える。

ヴィクターのやつは、この至近距離からの狙撃を、剣を持っていない手で受け止めたのである。

気配を消して、死角から魔法矢を打ち込んだ……のだが。

やつがフェリサを狙うのがこの目で見えた。そして迎撃が間に合わないとわかった俺は、案山子の矢で囮を作り、そしてフェリサを突き飛ばした。

分身を作る魔法矢だ。

案山子の矢《ダミー・ショット》。

「星の矢！」

二射目は星の矢。無数に分裂する魔法矢による連続射撃。

ヴィクターは避けない。その場で大剣を振るう。

ごぉお……！　と突風が吹いて、俺たちが吹き飛ばされる。

「！　ほう……手が動かん。これは……毒……」

ヴィクターの手足がしびれている。

蜂の矢《パラライ・ショット》。麻酔矢だ。

星の矢で弾幕を張り、その陰から打ち込んでいたのである。

「竜の矢！」

動けない一瞬の隙を突いて、高火力のレーザーを放つ。じゅぉ……！　とやつの体が一瞬で焼かれる。

「なに!? 何が起きてるの!? 速すぎてわからないわ!」

先生が叫ぶ。

多分普通の目を持つ人たちには、俺とヴィクターとの攻防は見えていなかったろう。

やつは、巨漢でありながらかなりの速さを持つ。

「リヒター隊長。ここは俺がやります。あなたたちは先へ進んでください」

「! じゃあ……ガンマ君……敵は……」

「はい……まだ、生きてます」

竜の矢の直撃を受けて、なお、無傷。

やつは膂力、スピードだけじゃなくて、ガード力にも優れてるようだ。

あの黒い鎧が攻撃を防いだのだろう。

「フェリサ、行け」

「………」ぶんぶんぶん!

「フェリサ!」

妹も闘おうとしている。だが体が完全に震えていた。

あの敵を前に心が折れてしまったのだろう。

それでも、闘おうとする。

それはどうしてか。簡単だ。俺を守るため、だ。

「…………」

……おまえ、本当に強い子だよ。兄ちゃんはおまえを誇りに思う。優しくて強い子だ。

でも……。

「蜂の矢」

「…………！」

フェリサがその場でびくんっ、と体をこわばらせ倒れる。

リヒター隊長がすぐに近づいて、妹を背負う。

「隊長、頼みます」

「まかせてくださいよぉ」

たっ！　と隊長が走り出す。リフィル先生は立ち止まって、ぎゅっ……と唇をかみしめる。

「ガンマちゃん！　死んじゃ、だめよ！　絶対帰ってくるんだから！　約束してね！」

……ほんと、この隊にはいい人たちしかいない。ほんと、誘ってくれたメイベルには感謝だ。

だからこそ……。

「任せてください。すぐに追いつきます」

俺は隊のみんなを守りたい。俺の心を救ってくれた、俺を認めてくれた、彼女たちのことを。

リフィル先生は一瞬泣きそうな顔になる。けれどこちらを振り返らず、走って行く。

「………」

「逃げても良いのだぞ、小僧」

ヴィクターは腕を組んで、フェリサたちが逃げるのを見過ごした。

「そんなこと、する気はないってわかってるんだろ？」

「当然だ。相対してわかった。貴様の洗練された技からは、仲間を守る強い意志を感じた。見事な心意気。人間にしておくのは正直、惜しい」

「………」

蟲のくせに、いやに人間を褒めるじゃないか、こいつ。

だが体から発する殺気が収まることはない。

「このまま引き下がってはくれないか？」

「それは無理な相談だ。我の受けた命令は貴様を殺すこと。その命令を途中で投げ出すわけにはいかんな」

「そうかよ」

俺は黒弓を構える。

通常の魔法矢がこいつには通用しない。となると、全力全開の一撃《マックス・ショット》しかない。

だがあの一撃は撃つたびに弓を壊す。つまり回数制限付きだ。

今、ガンコジーちゃんがニューウェポンを作製中だが、果たして間に合うかどうか。

けれど俺はやる。戦うんだ。

獣をただ孤独に追いかける狩人としてではなく、人々の安寧を守る帝国軍人として。

「蟲。俺はおまえを殺す」

「こい、下界の人間《サル》よ」

さあ、踏ん張りどころだ。

☆

時は少し遡る。

場所は帝国、帝都カーター。

ガンマの所属する胡桃隊の魔法使いメイベルは倉庫にいた。

ここには胡桃隊の武装や、魔法バイクなどといった魔道具が保管されている。

メイベルは魔導人形の整備をしながら、しかし、考え事をしていた。

「メイベル。どうした？」

「…………」

「パイタッチ」

「あ、隊長」ぐしゃっ。

自分の胸にへばりついたリスを、整備していた魔導人形が捕獲する。

そのままぎゅううう〜と万力のごとく力を込めて、握りつぶそうとしていた。

「たしゅけてぇええええ！　でりゅうううう！　でちゃうぅううううううう！」

「はぁ……ガンマ……帰ってこないかなぁ……」

「黄昏れる前に助けてマジで死ぬってぎゃーーーーーーーーーーーー！」

ややあって。

胡桃隊の隊長、リスのおっさんことマリク・ウォールナットが、ため息交じりに言う。

「おまえなぁ……死ぬとこだったぞ？」

「ごめん。でも隊長も悪いよね？　あたしの胸、急に触るんだもん」

メイベルたちは倉庫の片隅にもうけた休憩スペースにいる。

廃品のソファに並んで座るメイベルとマリク。

二人ともつなぎを着ていて、油で汚れていた。

魔導人形を整備するメイベルはもちろんのこと、マリクもまた機械いじりをしていたのだ。

マリク・ウォールナット。見かけはただのエロリスなのだが、その実、天才魔道具師という肩書きを持つ。

「ガンマたちのことが気がかりなのか？」

「うん……」

数日前にガンマは他の隊員たちとともに、西の果てにある人外魔境の土地へと、調査に向かったのだ。

「気持ちはわかる。人外魔境の調査だもんな。でもあそこはガンマの生まれ故郷だし、それにあいつが魔蟲族に後れを取るわけねーだろ？」

「そうだけど……そうだけどさ」

それでも心配なのだ。

好きな人が、危険な場所に行って……そのまま帰ってこないんじゃないかと。

彼女たち帝国軍人は、人類じゃ太刀打ちできない凶悪極まる敵と日々死闘を繰り広げている。

いつ命を落としたって、おかしくはない。

普段は、そばにいるから、何かあったときにこの魔導人形を使って仲間を、思い人を守れる。

でも今は離れている。手の届かない場所に彼がいる。

何かあったときに何もできない。それが不安なのだ。

「やっぱ行けば良かったな、無理にでも……」

「………………」

マリクはメイベルの肩に乗って、そのもふもふの尻尾で頬をなでる。

「ま、大丈夫さ。ガンマだけじゃねえ、みんな強いやつらだ。何があっても、なんとかするさ」

「うん……」

「それに、いざとなったらよ、あれを使ってひとっ飛びさ」

「あれって……？」

と、そのときだった。

パリンッ……！

「なんだ⁉　敵襲か⁉」

窓ガラスが割れ、何かがすさまじい速さで入ってきたのだ。

それはメイベルたちの周りを旋回している。

「違う……ガンマの魔法矢だ！　燕の矢《レター・ショット》！」

「燕の矢……？」

「どれだけ離れてても、特定の場所に高速で手紙を届ける……たしか、矢文？　とか言っていた！」

メイベルとガンマは同じ学園に通っていた。

そのときガンマの魔法矢については、色々と教えてもらったのである。

燕の矢《レター・ショット》には攻撃力はないが、遠隔地との情報発信を可能とする魔法矢である。……嫌な予感が、脳裏をよぎった。

魔法で作られた燕が旋回すると、メイベルの手の中に収まる。

白い燕は便せんへと変形する。

「！」

「白紙じゃねえか……。って、まさか！」

ガンマから届いた白紙の矢文。

それは……緊急メッセージだと二人ともが同時に悟った。

矢文を何も書かずに出したのではない、書く暇がないほどの、緊急事態が起きているのだ。

「おいメイベル！　どこ行くんだ！」

倉庫から出ようとしたメイベルをマリクが呼び止める。

「決まってるよ！　ガンマを助けにいくの！」

メイベルの顔から血の気が引いていた。

ガンマはいつだって冷静で、そして強い。

彼は一人で何でも背負い込む悪癖がある。

彼の規格外の狙撃をもって、あらゆる敵を未然に倒す。誰も傷付かないように、誰にも頼らず、倒す。そんな彼が人を頼ってきた。それほどまでに、厄介な相手と戦っている、または危険な状況にいるのだ。

「落ち着けメイベル。あのガンマが救援を求めてることが、どんだけやばい事態なのかはおれにもわかる」

「じゃあ！」

「だが冷静になれ。こっから人外魔境に普通に行ったら、何日もかかる」

燕の矢はすさまじい速さで手紙を届けることができる魔法矢だ。

それは人間じゃないからできる芸当。

現状の一番速い乗り物である、魔法バイクを使ったところで、人外魔境《スタンピード》にはすぐに到着しない。

ついてる頃には、ガンマは死んでいるだろう。

「じゃあどうするの⁉　隊長は、ガンマを見殺しにするの⁉」

「バカ言え。大事な部下にそんなことするわけねーだろ。ついてこい、メイベル」

マリクのあとに、メイベルがついて行く。

倉庫の片隅には防水シートをかぶせた、何かがあった。

「この試作機の出番だな」

「しさくき……？」

ばさっ、とマリクがシートを取りはらう。

それを見てメイベルが驚愕した。

「なに……これ？」

「仲間の危機に誰よりも速く駆けつけられるよう、おれが開発した、翼だ」

ぺちぺち、とマリクが翼と称した、魔道具に触れる。

「だがおれじゃサイズが合わなくて乗れねえ。メイベル、おまえがこれに乗るんだ。もっとも危険も多い。それでも……」

「乗る！　乗るよ！　当たり前じゃん！　仲間がピンチなんだもん！」

メイベルは躊躇なくうなずく。

マリクはその答えを予想したかのように、不敵に笑った。

「よっしゃ、いくぞ！　運転の仕方はおれが指示する！」

「うん！　待ってて、ガンマ……！　今度は……あたしが助けるから！」

☆

弓使いガンマは王直属護衛軍のひとり、剛剣のヴィクターと死闘を繰り広げていた。

といっても、彼のやり方は、真正面からの勝負ではなかった。

「…………」

ヴィクターが空中で、眼下にいるだろうガンマを探す。

だが森の中に完全に同化しており、探すことは困難だった。

「見事な気配の消し方だ。人間というより、獲物を狩る獣に近いそれだな」

どれだけ目をこらしても敵の姿は視認できない。耳を澄ましても敵の足音、呼吸音すら聞こえてこない。

一瞬、逃げたのか……という考えがヴィクターの脳裏をよぎる。

バシュッ……！

魔法矢が側頭部を強打する。

通常のモンスターや魔蟲なら、今の一撃で頭蓋が粉砕されているだろう。

しかしヴィクターを包む強固な鎧は、ガンマからの魔法矢を受けても傷一つつかない。

彼が剣を振る。ごぉお……！　と剣圧で木々をなぎ倒していく。

彼は特別な攻撃をしているのではない。

すさまじい膂力から繰り出される通常の攻撃が、必殺の威力を持つ。ただそれだけだった。

ヴィクターの放った一撃により、森の木々が無理矢理引きはがされる。

地面をえぐるような攻撃。だが……その直線上にガンマの姿は見えなかった。

それどころか、四方八方から、銀に輝く魔法矢が打ち込まれる。

星の矢。無数に分裂する高速の魔法矢。

ヴィクターは回避行動すらとらない。

ただ立っているだけで星の矢をすべて受けきる。

周囲への警戒を強めた瞬間、頭上から鳳凰の合成矢《バーニング・フェニックス》が打ち込まれる。

巨大な炎の鳥がヴィクターの頭上で翼を広げ、無数の炎の矢を降らせる。

前後左右、そして上空からの無数の魔法矢を受けて……。

なお、ヴィクターは無傷。

「警戒を緩めたタイミングで、死角となった頭上からの狙撃……か。なるほど……なかなかの狩人ということか」

敵への惜しみない賞賛。だがそれを聞いてもガンマは全くうれしくなかった。

むしろ、背筋が凍った。

ガンマは自分の持つ狩人としての技術を使って、本気であの蟲を狩りにいこうとしている。

けれど、自分の技はことごとく、あの固い鎧の前に無力化されているのだ。

「(回避や防御行動すら、今の攻撃じゃ取るにたらないってことかよ)」

敵のすさまじいガードの堅さを前に、緊張の糸が切れそうになる。

だがすぐさま冷静になって移動する。

相手の呼吸を読み、隙を突いての狙撃。

決して一撃で仕留めない。じわじわと敵の集中力と体力を削り、好機をじっとうかがう。

これぞまさに、彼が十数年生きて学んだ、狩人の極意。

ガンマの攻撃からは、彼の積み上げてきた技術と努力がひしひしと伝わってきた。

「すまなかったな。小僧」

ヴィクターがなおも空中で立ったまま言う。

そこには邪念が感じられないように、ガンマには思えた。

燕の矢を使って、ヴィクターの前に魔法でできた燕を飛ばす。

手紙を届けるだけでなく、ちょっとした会話も可能とするのだ。

ただし、あまり離れると会話ができなくなるため、メイベルには使えなかった。

「貴様を未熟な人間《サル》とあなどり、貶したことに対する謝罪だ。認めよう、貴様は人間《サル》にしておくには惜しい、実に優秀な兵士だ」

意外だ……。ガンマは息を潜めながら、敵の会話に耳を傾ける。

魔蟲族は人間をゴミか食料にしか見てないのだと思っていた。

しかしヴィクターはガンマの狩りの腕に感服し、賛辞まで送ってくる。

今まで魔蟲族に抱いていた、絶対的な悪という認識が少し、ぶれる。

……だがガンマはどこまで行っても狩人だった。

ヴィクターとの会話の間に、魔法矢を使って罠を張る。

『そうかい。じゃあ俺を見逃してくれるのか？』

魔法の燕を通してヴィクターと会話する。

フッ……とヴィクターは笑った。

「我が承服するとはみじんも思ってないくせに。しかし会話で注意を引きながら、罠を幾重にも張る技には、素直に感服したぞ、小僧」
ちっ……とガンマは舌打ちをする。罠を気取られたようだ。
だがこちらに分がある。罠の詳細が向こうが把握していないからだ。
もしも罠がどんなものかわかってるのならば、とっくの昔に破壊しているだろう。
そうはせず、会話を続けるということはつまり、罠を見抜けていないのだ。
『蟲のくせによくしゃべるじゃないか。そんなに考える時間が欲しいのか？』
「フッ……お見通しか。ますます欲しくなったぞ。小僧」
『あいにくと、蟲と寝る趣味はない』
ガンマは茂みから身を乗り出す。
一瞬でヴィクターは距離を詰めると、手に持った大剣を振り下ろそうとした。
ぴんっ……！　と何かに剣がひっかかる。
「糸か」
「ご明察」
樹と樹の間には、細くのびた1本の糸が張られていた。
ヴィクターの剣がそれにからまってしまったのだ。
彼はかまわず剣を振り回し、糸を断ち切ろうとする。
くんっ、と糸にテンションがかかると同時に……。

ドバッ……！　と左右の樹から無数の針が射出される。

樹には黄色いハリネズミのようなものが張り付いていた。

雷針《サンダー・ヘッジホッグ》の合成矢。

星の矢と蜂の矢を組み合わせた合成矢だ。

数え切れないほどの麻酔針を射出する、魔法生物《ハリネズミ》を作り出す。

これは主に罠として使われる。

糸を張って、そこにひっかかったものに対して、この麻酔針の雨を浴びせるというもの。

「これは……ぬぅうん！」

さしものヴィクターもこれにはたまらず、大剣を振り回して防御する。

ガンマは死角である背後から竜の矢を放つ。

麻酔針の雨を払うときにできた、一瞬の隙。そこを見逃さなかった。

普段ならば極太のレーザー。

しかし今彼が放ったのは、針のごとき細く圧縮されたレーザーである。

細長い高速レーザーはヴィクターの首元に向かって射出。

圧縮レーザーは一瞬でヴィクターの首を貫いた。

初めて、ヴィクターにまともなダメージが通る。

「くく……なるほど。我の弱点に気づいたのか」

首から出血しているというのに、なおもヴィクターは余裕を保っていた。

そう、やつの弱点。それは鎧に隙間があるということ。

異次元の堅さには驚かされたガンマだったが、しかしよく観察すれば、敵は普通に動けていることがわかる。

絶対防御の鎧も、所詮は鎧だ。

人が着て動くためには、節となる部分をもうけておく必要がある。

そのわずかな隙を狙ってガンマは狙撃したのだ。

「冷静な分析力だけでなく、罠を張る頭もあり、さらにこの正確無比な狙撃。見事としかいいようがないな」

先ほどの麻酔針も、圧縮レーザーも、どれも正確に関節部分を狙っていたのだから、敵が驚嘆するのも無理なかった。

「敵ながらあっぱれだ」

だが、なおも劣勢であるガンマは、覚悟を決める。

全力全開《マックス・ショット》の一撃を、放つ覚悟を。

☆

木陰にかくれながら、俺は深呼吸をする。

これからするのは、慣れない戦い方だ。

俺は生まれ持っての狩人。

獣を狩れればそれでいい。勝ち負けのない世界で、ずっと弓を引いてきた。

けれどこれからするのは、狩りではなく、戦いだ。

勝つか負けるか。力のぶつかりあい。

純粋な力の勝負という、俺の土俵ではない戦い方をすることになる。

「…………」

手が汗でにじんでいた。

それはそうだ。狩りと戦いは違う。

狩りとは、どんな手を使ってでも相手の命を奪い取れればいい。

それに、狩りの基本は、狩れるときに狩るというもの。

彼我の実力差、相手の状態、フィールドのコンディション。

それらを総合して、今この瞬間なら、敵の命を狩れる、そう確信を得てから狩りに挑む。

……逆に言えば、狩れないと思った敵には弓を引かない。

これはどうあがいても、工夫しても勝てない。

そう思った瞬間、狩人は素直に撤退する。

ここで無理しなくても、また別の機会、別の獲物を獲ればそれでいいからだ。

でも、今からするのは、違う。

勝てる見込みの薄い相手との、命の削り合い。

一〇〇%獲れる、と思ってない相手の命を獲ることになる。

しかも撤退は許されない状況、必ず勝たねばならない。

精神的なプレッシャーが半端じゃない。

獲物を狩れず、反撃を受け、自分が死ぬかもしれない。

狩りと勝負は、こんなにも違うんだ……。

「……はっ、だから、なんだよ。ここでおめおめとケツをまくれるかよ」

目を閉じて息をする。

脳裏に浮かんだのは、帝国で帰りを待つ胡桃隊のみんなの顔。そして大事な家族の顔。

ガンコジーさん、フェリサ。村のみんな。

俺がここで負ければ、ヴィクターは隊長たちを追いかけて、殺すだろう。

現時点で一番の戦力は、おごりでもなんでもなく俺だ。

俺が、みんなの楯で、剣なんだ。

「……はぁ」

負けるかもしれない……だと。何弱気になってる……やるんだ。やれ。やらないと……みんながが死ぬ」

恐怖を、無理矢理ねじふせた。

頭のスイッチを入れ替える。

ガンマ・スナイプから、狩人と変わる。

狩人の戦いではないとはいえ、このモードにならないと、冷静に弓が引けない。

「…………」

黒弓。マリク隊長とリヒター隊長が共同開発した、魔蟲族の素材から作った頑丈な弓。

現状、唯一俺の全力に、一発だけ耐えられる強度の弓だ。

一度全力全開の一撃を撃てば弓が壊れる。

黒弓は全部で五つ。

指輪の魔道具の形をしており、左手には五つの黒い指輪が収まっている。

この五つの指輪がすべて壊れたときが、俺の最後だ。

狩り場からは離脱できても、ここは戦場。

逃げることはできない。

武器を失ったら、もうそれは死ぬことと同義だ。

ヴィクターが普通の魔蟲族とは違うとはいえ、やつは敵陣営の幹部なのだ。

見逃してくれることもなければ、説得に応じて、俺たちの仲間になることは絶対にないだろう。

　指輪は五つ。全力全開の一撃《マックス・ショット》は、五回まで。

「ふぅ……」

　俺は気配を絶つのをやめ、木陰から身を出す。

「覚悟は決まったか、小僧？」

　ヴィクターは俺が顔を出すまで待っていたようだ。

　意外、という表情はしていない。

　この選択をすると承知ずみだったのだろう。

「ああ」

「ふ……そうか。その意気やよし。だが残念だ。惜しいやつを、亡くすことになるな」

「ハッ……なに勝った気でいやがる」

　俺は黒弓を構えて、弦を思い切り引く。

　バリバリバリ……！　と魔法矢が強烈に発光する。

　まだ放ってないにもかかわらず、木々が、小動物たちがざわめきだす。

「ははっ！　見事！　御見事！　なんという力の波動……！　やはりおしい！　貴様はやはり我が軍門に下《くだ》るがいい！」

「それは無理だ。蟲は敵。俺は……駆除する」

「ならば来い……！　貴様の、武人としての一撃を！　放ってみよ！」

武人。狩人とは違う、勝ち負けの世界に生きる猛者たちのこと。

俺にはそんな生き方はできないとわかっていた。

勝てない相手には勝つ必要がない。

けれど今は違う。

必ず、勝つ。これは宣言でもあり、覚悟だ。

「破邪顕正閃！」

俺は渾身の力を込めた一撃を放つ。

ごぉお……！　と凄まじい衝撃が俺の腕を伝って、全身に走る。

竜の矢とは比べものにならない、純粋なエネルギーが、目にもとまらぬ速さで敵に襲いかかる。

刹那の無音。目の前の大地や森が、広範囲にわたって消える。

次に襲ってきたのは、耳をつんざく破壊音だ。

光は音よりも速い。

破滅の光は矢となって、ヴィクターを一瞬で包み込んだ。

「はあ……はあ……はあ……！」

俺の左手に収まっていた黒弓が、ボロボロと崩れ落ちる。

「くそっ……！」

なんてことだ。ヴィクターは、無事だった。

「わが剛剣と、無敗の鎧の一部を消し飛ばすか……なんという威力だ。驚嘆に値する」

全力全開の一撃で、鎧と剣を吹っ飛ばしただけかよ。

だが……いける。こっちはあと四発撃てる。

俺は新しい弓をかまえる。

「一度目は、貴様の覚悟に免じて受けてやった。だが二度目は受けぬ。本気で殺させてもらおう」

やつも新しい剣をぬいて、構えを取る。

やっと勝負が始まる。そういうことらしかった。

☆

ガンマと相対する王直属護衛軍のひとり、剛剣のヴィクター。

彼は予想外の強敵の出現に驚いたが……それ以上に驚かされたのは、彼の放った一撃の威力。

破邪顕正閃。

恐るべき一射だった。光の速さで、高火力の魔法矢が飛んでくるのだ。

その光に触れたものは無条件で滅せられる。

そんな破壊の光を凝縮して放つ一撃は、まさに……必殺技と言えた。

「………」

全力全開の一撃を耐えたヴィクターであったが、内心では冷や汗をかいていた。

「(何かしてくるとは思ったが、まさか……ここまでの技とはな)」

ヴィクターの纏う甲冑、絶対防御将軍鎧《アブソリュート・ゼロ》。これがなかったら、やられたのはヴィクターだった。

この鎧は通常時からも高い防御力を装着者に与える。

だが、この鎧の最大の特徴は、自動攻撃完全無効スキルにある。

文字どおり、どんな攻撃でも、無効にしてしまうという規格外のもの。

不意打ちで必殺技を撃たれたとしても、この鎧は装着者を絶対に守るのである。

だがこの自動攻撃完全無効のスキルには、回数制限が存在する。

今までこのスキルを、一度も発動させなかった。

それがヴィクターの誇りであった。

……だが、今回ばかりは使わざるをえなかった。なにせ、攻撃を無力化するスキルが付与された鎧に、ダメージを与えてくる、規格外の人間が相手なのだ。

もしもこの鎧がなければ、今頃自分は完全に消し飛ばされていただろう。無効化スキルを凌駕する弓使い、ガンマ・スナイプという狩人に。

「(己の鍛えた能力でない力に頼っている時点で二流、と思っていたが……今日ほどこの鎧を着ていて良かったと思った日はないぞ)」

表向き冷静さを保っているヴィクターであったが、それはガンマにつけいる隙を与えないためのやせ我慢であった。

「どうした、魔蟲族。動揺……してるじゃねえか」

「フッ……ばれておったか。いや見事だったぞ、実際。この我が冷や汗をかくくらいにはな」

動揺を悟られてる時点で取り繕うのは無理筋だった。

ならばいっそ、開き直った方がいい。

「だがその攻撃、そう何度も打てないと見た。現に貴様の弓は一発で壊れてしまったからな」

「……ちっ。バレてたか」

ヴィクター同様、ガンマも焦っていたのである。

ガンマの弓はあと四つ。

つまりあと四発しか全力全開の一撃が撃てない。

……いや、もっと回数が少ないかもしれない。

一撃、破邪顕正閃を放っただけでかなり体力を削られていた。

武具のストックが切れるより先に、自分の体力切れの方が早いかもしれない。

「一度目と違って、我はもうそれを受ける気はないぞ」

「ああそうかい。破邪顕正閃！」

ガンマが真正面から堂々と一撃を放つ。

……と見せかけて、竜の矢だった。

「ブラフ……狙いは……上！」

上空に鳳が出現していた。

蜘蛛の矢で上空に待機させていた、魔法矢のところまで移動。

ヴィクターの頭上から……。

「破邪顕正閃！」

足場が不安定な中での一撃。

ヴィクターは受けるのではなく……。

腰を落として、居合いの構えを取る。

ヴィクターは敵への敬意を払う。ガンマは間違いなく、人類最強だ。

ならば自分も、最強の技で返すまで。

「ぬうんん！」

ヴィクターは居合いの構えから一撃を放つ。

パリィイイイイイイイン！

ガラスが砕け散るような、甲高い音。

しかしそれはヴィクターの剣が砕け散った音……ではない。

ヴィクターが放ったのは神速の斬撃。

だがこれは相手を傷つける一撃にあらず。

ガンマの放った破邪顕正閃を、はじき返したのだ。


「!?」


ヴィクターがはじいた必殺の魔法矢は、撃った本人へと返って行く。

しかも、ガンマが放ったより速く。

ガンマは、己の撃った全力全開の一撃を、まともに受ける……。

破壊の光はガンマを、そして楽園の森を包み込み、すべてを破壊する……。

「ぜえ……！　はあ……！　はあ……！」

「なん……だと……これを避けるか、小僧」

なんとガンマは生きていた。

少し離れた場所に、大の字になって仰向けに倒れていたのだ。

これにはヴィクターも本気で驚いていた。

「わが奥義……攻撃反射《パリィ》。攻撃を反射し、倍にして返す、攻防一体の必殺技だ。貴様の一撃を、二倍にして返したはずだが……どうやって避けた？」

「きぎょう……ひみつだ……」

ガンマの狩人の目は、敵の放つ技を見て、ある程度どういうものなのか予測していた。

ガンマは新しい黒弓を放ち、伸縮自在の蜘蛛の矢を放っていた。

攻撃がはじかれると同時に、ガンマは魔法矢を縮めてその場から離脱。

間一髪のところで自爆を免れていたのだ。

息を切らしていたのは、今の刹那の攻防で体力を削られたからだ。

それでもすぐ回復して、ガンマは立ち上がって弓を構える。

「「………」」

お互い、無言。

それほどお互いが驚いている。

互いの強さに。

「……ふっ、やるな」

「あんたこそ……」

だがどこかうれしいと思う自分がいることに、ヴィクターは気づいていた。

ガンマもまた笑っている。多分同じ心境なのだろう。

殺し合いのなかで芽生えた、敵をリスペクトする感情。

「これで終わりじゃないのだろう？」

「当たり前だ」

ああ……とヴィクターは思う。

不謹慎だとしても、今自分は。

強敵との戦いに、喜びを覚えている。

☆

ガンマがヴィクターとの命の削りあいをしていたその頃。

リフィルたちは楽園の森の最奥部へと到着していた。

『あそこや、あんなかに巨大蟲の研究施設がある』

妖精リコリスの案内で、スムーズに敵地へと到着したリフィルたち。

茂みのなかからこっそり敵地の様子をうかがう。

巨大な木の周りには見張りらしき魔蟲族たちがうろついていた。

リフィルが声を殺しながら言う。

「……どうする？　フェリサちゃんが起きるのを待つ？　アタシひとりじゃ、たくさんの魔蟲族は相手にできないわよ」

リフィルはそもそも軍医であって、直接的な戦闘力は持ち合わせていない。

麻痺や眠りなどといった魔法で、敵を無力化することはできるが、それでも乱戦になったら負けるのは腕力の弱いリフィルだ。

「時間が惜しいです。そういうときのための、新兵器の、出番ですよぉ」

「新兵器……？」

リヒターが背負ってきたザックから、金属のケースを取り出す。

ぱかっ、と蓋を開けると、そこには見慣れぬ金属の棒が入っていた。

リヒターは棒を組み合わせていく。

やがて完成したのは、不思議な銃だった。

「これも銃なの？」

「ええ。これは、魔法狙撃銃《マジック・ライフル》です」

「まじっく、らいふる……」

「ガンマ君、マリク隊長との共同研究の結晶ですぅ。彼の持つ異次元の狙撃力を、どうにか再現できないかと作ってみました」

地面に魔法狙撃銃を置いて、リヒターが銃口を敵に向ける。

「ここからかなり距離があるわ」

「問題ないですよぉ……」

狙撃銃の上部にはスコープがついており、それに目を当てて狙いを定める。

「あとはこの引き金を引けば……」

どごん！　という音とともに銃弾が凄まじいスピードで飛んでいく。

魔蟲族二体の体を容易く貫通し、背後の巨大樹に穴を開けた。

「す、すごいわ……こんな離れたとこから狙撃するなんて。まるでガンマちゃんみたい」

ガンマみたいというのは、この部隊においては最大級の賛辞であった。

リヒターはうれしそうに笑いながら、次弾を装填。

どごん！　という音とともに敵を貫く。

魔蟲族たちは急に襲われて動揺しているようだ。

だが周囲に目をこらしても敵らしい姿は見られない。

そんな混乱している状態で、安全圏から一方的に敵を蹂躙できる。

ガンマのような特殊技能がなくとも、である。

「…………」

リフィルは戦慄していた。

彼女はこんなにもすごい兵器を開発していた。

ガンマも、メイベルも、胡桃隊のみんなは前に進もうとしている。

彼が部隊に入ってきて、すべてが好転し、前進している。

「…………」

けれど、とリフィルは思う。

彼女だけは、まだ過去を引きずっている。

己の手で、弟を死なせてしまったという過去から。

『すごいで姐さん！　あっちゅーまに見張りの雑魚が一掃されたで！』

リコリスが敵陣へ乗り込み、偵察して戻ってきた。

リヒターは銃を分解せず、そのまま背負い込む。

「いきますよぉ」

「ええ……」

と、そのときだった。

「………」

「フェリサちゃん、起きたのね」

今まで眠っていたフェリサが目を覚ます。

彼女はガンマから麻酔弾を受けていた。

ガンマが囮となって仲間を逃がそうとするのも、フェリサは最後まで暴れて抵抗しようとしたからだ。

「！！！」

すぐさま状況を理解したフェリサは、飛び起きて、兄の下へ駆けつけようとする。

リフィルはその手をつかんだ。

「⁉」

「だめよ……フェリサちゃん。もどってはだめ」

その目がどうしてと訴えかけてくる。

自分たちだけ逃げたことに、憤っていることも伝わってくる。

……気持ちは、痛いほど理解できる。

けれど、リフィルは心を鬼にしてつげる。

「ガンマちゃんは、あたしたちを逃がしてくれた。もたもたしてたら超大型の巨大蟲がふ化してしまうから」

「………………！」

「そうね。関係ないわね。お兄さんが心配なのね……でも、だめよ」

今にも飛びかかってきそうなほど、フェリサは怒っていた。

リフィルはきゅっ、と下唇をかんで、首を振る。

「お兄さんは軍人として立派に務めた。みんなの……ううん。あなたの未来のために、その場に残ったの。その覚悟を、汲んであげて」

フェリサは何かを言いたげだった。

でも……言葉が出る前に呟き込んでしまう。

彼女はおもい病にかかっており、最高のパフォーマンスを発揮できないでいるのだ。

もし……リフィルの回復術が、昔のように扱えたら、きっとフェリサは元気になっていただろう。

それができないのは、彼女が過去にとらわれているからだ。

フェリサが兄に執着するのも、きっと過去に何かがあったからに違いない。

「あなたの焦る気持ち、よくわかる。でもお兄さんやおじいさんの明日を守るためには、ここで超大型巨大蟲をとめる必要があるの。……わかって？」

フェリサは泣きそうになりながら、ぎゅーっと自分の拳を握りしめる。

多分、わかってくれたのだろう。今はわがままを言う状況ではないと。

頭でわかっていてもしかし、心がついてこないのだ。

兄の下へ駆けつけたいという気持ちでいっぱいになっている。

「おねがい、フェリサちゃん。ついてきて。中にいる敵は狙撃銃じゃ倒せない。貴女が必要なの」

「…………」

最終的にフェリサは折れた。どうやら兄が勝ってここに来ることを、信じたらしい。

「いきましょう」

☆

ガンマと別れ、先に敵地へと潜入したリフィルたち。

新兵器、魔法狙撃銃によって外にいた見張りの魔蟲族たちを全員無力化。

リフィルたちは敵の本拠地である、巨大樹のなかに潜入成功。

『こっちや！』

妖精リコリスの先導によって、3人は建物のなかへ侵入した。

中は樹をくりぬいて作られた通路が縦横無尽に走っている。

妖精たちはこの中に捕らわれ、リヒターの兄ジョージ・ジョカリにより人体実験を受けていた。

そのため、リコリスは中の様子を知っているのだ。

「おかしいですねぇ」

『ああ、変や……蟲どもがおらへんわ』

外には見張りが何人かいたのに、一転して中にはさっきから魔蟲族たちの姿が見えない。

「どういうことかしら？」

「……おそらく罠でしょうねぇ。二重の意味で」

「二重？」

「ええ。兄は敵がここに来るのは想定内なんだと思いますよぉー」

「……待ち構えてるってことね」

「そうなりますねぇ。ま、こちらにはフェリサ君がいますから、問題ないでしょう」

こくん、とフェリサがうなずく。

彼女は耳がいい。建物内に仕掛けられた罠を見抜くのに、長けている。

「フェリサ君が想定外だとは思いますが、それ以外は兄は見抜いてきてますねぇ、たぶん」

「なるほど……あまりここで色々考えてても無意味ってことね」

「ええ。想定内ってことでしょうから。さ、いきましょう」

フェリサが手斧を持って、先を進んでいく。

たまにこんこん、と壁を斧で叩く。

フェリサは斧をブーメランの要領でぶんなげる。

カーブの軌道を描きながら飛んでいった手斧が消えると同時に爆発音がした。

フェリサがうなずくと、全員が走る。

曲がった先には魔導人形が待ち構えていた。

「やはり罠ね。でもどうやってわかったの？」

「フェリサ君は耳がいいですから。壁に振動を与え、反響音で敵の待ち伏せを見抜いたのでしょぉ。すごい聴力です」

褒められてもフェリサの表情は晴れない。

兄が作戦遂行の時間を稼ぐため、命を削って戦っているからだ。

引き返したくなるフェリサだったが、ぐっ、とこらえて先へと進む。

先ほどのリフィルの説得が効いてるのだ。

兄はみんなを守るために戦っている。

だから、自分も兄のように、みんなを守るために戦おうと。

それに兄が負けるわけがないのである。

「先へ行きますよぉ」

リコリスのナビゲーション、フェリサの罠探知を使って、一行はスムーズに内部を進んでいく。

出てくる罠を次々と発見してみせるフェリサに、リヒターたちは感心しきりであった。

だがリヒターの表情は晴れない。

リフィルはなんとなく理由を察していた。

「お兄さんと、戦うことになりそう？」

「まあ……衝突は避けられないでしょうねえ」

リヒターはわかっているのだ。

兄に説得は通じないと。

そうなると刃を交えることになるだろう。

実の兄と戦う覚悟が、果たしてこの人にあるのだろうか。

「…………」

「フェリサちゃんは、たぶん躊躇なく斧を振るうわよ？　いいのね？」

「…………」

リヒターは目を閉じて、はぁ……とため息をつく。

「ここで即答できれば、楽なんですけどねぇ……」

おそらくは妹と兄《リヒタージョージ》との仲は、あまり良好ではないのだろうとは察せられる。

それでも、彼女からは、はっきりと迷いが表情から見て取れた。

「でも……ま、ガンマ君やフェリサ君が覚悟を見せてるなかで、ボクだけがケツをまくらないわけにはいきませんからねぇ」

リヒターたちはとある部屋の前までやってくる。

魔道具の鍵で、入り口をロックされているようだ。

フェリサがいくら斧で攻撃してもドアが開かない。

「その魔道具に暗号を入力しないと絶対にあかない仕組みになってます。さがってくださぁい。ボクがやります」

リヒターは魔道具タブレットを取り出して、端子を魔道具に貼り付ける。

暗号を解読し、リヒターが番号を打ち込む。

ごご……とドアが自動で開いた。

中にはいくつもの培養カプセルが立ち並んでいる。

その最奥には、見上げるほどの巨大な繭があった。

繭はどくんどくん……と脈打っている。

「あ、あんな大きな卵がふ化したら……」

「そんなことさせませんよぉ……って、台詞を、あなたも言うんですよねぇ兄さん？」

リヒターがにらみつける先、卵の前に座っていたのは……。

桃色髪の男、ジョージ・ジョカリ。

どことなくリヒターと顔立ちは似ているが、しかし瞳の奥にはどうしようもない闇が広がっている。

「やあ妹よ。思ったより遅いじゃないか。私を殺す覚悟をするのに、時間がかかったのかな？」

くつくつとジョージは笑っている。

妹から殺意を向けられているというのに、どこ吹く風。

『ダチを返しにきてもらったで！』

「まだ、それはできないかな。妖精の力が、この卵をふ化するのに必要でね」

培養カプセルの中には妖精たちが捕まっていた。

液体のなかでみな、苦悶の表情を浮かべている。

「…………」

フェリサは手斧を培養カプセルに向かって投げる。

がきんっ！

「…………！」

「邪魔されると困るんでね。抵抗させてもらうよ」

ぱちんとジョージが指を鳴らすと、地面や壁から小さな卵が排出される。

それは途中でふ化すると、改造人間へと変化した。

蟲と人間の特徴を併せ持つ、異形の化け物に囲まれるリフィルたち。

「想定内です。推して参りますよぉ、兄さん」

リヒターは両手に銃を、リフィルは杖、フェリサは斧を構える。

戦いの幕が、切って落とされた。

☆

俺は王直属護衛軍がひとり、剛剣のヴィクターとの戦いを繰り広げている。

ヴィクター。一見するとカブトムシの鎧を着込んだ、普通の魔蟲族に見える。

だがやつの纏う雰囲気は常人を、そして普通の魔蟲族を遥かに超えている。

狩人は獲物の強さを目視できるのだ。

強い敵からは、赤い色のオーラを。

弱い敵には青色のオーラを。

これの正体がなんなのかわからない。

ただ、いいハンターはこの色の見分けの精度が高い。

ガンコジーさん曰く、共感覚というものらしい。

色々難しくて理解はできなかったけど、とにかく、俺は強さを色で見分けることができるのだ。

やつは今まで見たことのない、真っ赤な……いや、黒ずんだ赤色のオーラを纏っている。

狩人の仕掛けた罠に全く動じず、さらに全力全開の一撃を受けても死なない。

俺《おれ》は距離を取りながら、破邪顕正閃を放つタイミングを探る。

だがやつは執拗に距離を詰めてくるのだ。

「ぬうんぅうん！」

やつには一瞬で距離を詰める力がある。

そしてでかい図体からは想像できない速さで大剣を振るう。

ボッ……！　と【俺】を切り飛ばす。

「！　ダミーか！」

案山子の矢の矢で作ったダミーを切り飛ばし、隙を作った。

死角からの竜の矢。

「竜の矢！」

「それは効かんと言っておろうが！」

だが……

ビチュンッ……！

「なっ⁉　こ、こやつ……先の一撃で砕いた鎧の部位を、正確に狙って……！」

俺は今日、黒弓を五つしか持っていない。

破邪顕正閃は一発撃つごとに弓を壊してしまう。

一発はさっき撃った。

そのときにやつの大剣一本と、鎧の一部を砕いた。

はっきりわかったことがある。

やつの体の硬度は、鎧に依存している。

その下にある肉体は、俺たちとそうは変わらない。

ならば鎧のない部位を狙い撃ちすればダメージは通る。

「鋼の矢！」

貫通力重視の魔法矢を放つ。

今度も同じ部位に向けてだ。

ヴィクターはたまらず距離を取る。

だがそれが狙いだ。

俺は地に足をつけて、渾身の力で弦をはじく。

「破邪顕正閃！」

弓の弱点は近くにいられると、攻撃が当てられないこと。

射線に入らなければ攻撃は簡単に避けられちまうからな。

だから距離を取らせた。

竜の矢で俺の狙撃の正確さを印象づけ、二発目の鋼の矢は囮。

また狙い撃ちされるんじゃないかという心理に働きかけ、俺が本命を放つための……ブラフ。

「ぐぉおおお！」

聖なる光の矢がヴィクターの体を包み込む。

一瞬の静寂のあと、光の矢が着弾したことによる爆発音が響き渡る。

「…………」

ボロボロ……と三つめの弓が崩れていく。

俺はすぐさま四つ目の弓を取り出して構える。

……手応えは、あった。

だが、これで終わるとは到底思えなかった。

煙が晴れると同時に、ボッ……！　と斬撃が飛んできた。

俺の目はやつの攻撃を捕らえている。

それをスウェーで避けて、星の矢を放った。

煙を星の矢が払う。

やつの胴体を守っていた鎧が砕け散っていた。

「なぜ、我が生きてるとわかった？」

「答えてやる義理はない」

「ハッ……！　そのとおりだな」

俺の目には敵のオーラが見える。

生きてるやつはこのオーラを発している。

裏を返せば、オーラが消えていない以上やつは生きてる。

煙の中だろうと、やつの放つ強烈な光を見失うことはない。

「貴様には不意打ちも効かぬようだな。それに……正確な狙撃の腕。ますます欲しい。どうだ、我が配下に……」

「くどい」

俺は案山子の矢の矢を放ち、俺の分身を作りまくる。合計で一〇体。

やつを中心に取り囲んで、俺は俺のダミーたちとともに弓を構える。

全力全開の一撃《マックス・ショット》。

「ほう、こんな芸当もできるのか。本当に器用だな貴様は」

「破邪顕正閃！」

一〇体の俺から放たれる、一〇の光の矢。

だがヴィクターは本物だけを正確に見抜いて……。

「攻撃反射！」

光の矢を剣ではじいてきた。

馬鹿な、やつは仕掛けを見抜いたというのか。

はじき返される光の矢を、俺は即座に横に避けてかわす。

「遅い！」

やつが先回りしていた。大剣を高速で振り下ろす。

死という言葉が脳裏をよぎる。

だが俺の目はやつの剣を、完全に見切っていた。

ゆっくりと振り下ろされていくヴィクターの剛剣。
これはやつが手を抜いてるんじゃない。
やつの剣を、俺の目が上回っている。
俺の動体視力はヴィクターの動きを捕捉してるのだ。
だが……避けられるか？
やつの攻撃を見極めることができても、見極めだけしかできない。
俺はとっさに竜の矢を明後日の方向に放つ。
その反動で俺の体が少しずれる。
結果、俺はヴィクターの直撃を受けずにすんだ。
だがやつの剣圧に押されて、俺は吹っ飛ばされる。
時間がまた戻る。
がんっ！　と俺は背中を大木にぶつける。
「がはっ……！」
体……いてえ。骨が……臓器にささってやがる。
だがこの程度の負傷ですんでラッキーだ。
「……本当にすばらしいな、貴様は」
ヴィクターが感心したようにうなずく。

俺は立ち上がって弓を構える。

ふぅ、ふぅ、と呼吸を整える。

「……なにがだ」

「その目だ。完全に我の攻撃を見切っていた。ありえん。我の剛剣は、放てば最後、敵を必ず一撃で葬る……不可避の必殺技。それを見極めることができるものは存在しない……だが」

ヴィクターが俺の体を指さす。

「貴様の体は、その目に追いつけていない。いかに敵の攻撃を見極めようと、体がそれに対応できなければ、敵の攻撃を避けることは不可能だろう」

「……ああ、わかってるよ」

時間がゆっくりに見えても、実際に時間の流れを止めたりゆっくりにしてるわけじゃない。

俺の体は、目についていけてない。

「だからこそ……惜しい。貴様が人間であることが、惜しい。貴様が我と同じ蟲ならば、目と同じ格を持った肉体ならば、避けれただろうに」

「ハッ……だからなんだ。ありえない仮定だ。俺は……人間だ」

ふらふらする。やばい……結構……やばい。

呼吸が整わない。肺だ。たぶん、骨が肺に突き刺さっている。

それでも……やるんだ。

「てめえを狩る。俺は……狩人《ハンター》……人間だからな」

☆

ガンマと相対する、剛剣のヴィクターは驚愕を禁じ得なかった。

敵の強さに、そして執念深さに。

敵は手負い。すでに何度もダメージを与えてるのに、なおも立ち向かってくる。

鋭い一撃を何度も、嫌なタイミングで放ってくる。

休憩を取りたいと思ったときに連射が来たり、一瞬目標を見失って焦っているときに強い一撃を打ち込んでくる。

まるでこちらの気持ちを見抜いてるかのようだ。

「これが狩人……いや、我からすれば、猟犬だなこれは」

今も、傷を負ってるはずのガンマは攻撃の手を緩めてこない。

敵の全力の攻撃《破邪顕正閃》をもう4度受け、ヴィクターを守る鎧は完全になくなった。

今彼は大剣一本のみで戦っている。

だがガンマもただではすまない。

すでに身体の骨は折れ、臓器に深いダメージが入っている。

こちらの攻撃を紙一重で避けているが、それでも徐々に動きが鈍くなっていき……。

「がっ……！」

切り払う一撃がガンマの大腿部に深い傷を負わせた。

ガンマは地面に転がり、倒れ伏す。

「ようやく追い詰めたぞ、猟犬」

ガンマは強力な必殺技を持っていても、決して真正面から連発するようなマネはしなかった。

隙を作り、必ず当てられるという状況を作ってから破邪顕正閃を放っていた。

力によるごり押しではなく、知恵と技量を用いてのハント。

「あっぱれだった。だが……もう仕舞いだ」

ガンマは足にダメージを負ってる。

もう逃げながらの攻撃は打てない。

かたかた……と肩を震わせながらガンマが弓を構える。

恐怖によるものでないことは、そのまっすぐな瞳を見ればあきらかだった。

「もう抵抗はやめよ。貴様は良くやった。あとは潔い死を迎えるがいい」

「……は！　潔い死だと。そんなもの、犬にでも食わせておけ」

ガンマの目は死んでいない。ここに至ってなお、活路を見いだそうとしている。

「俺は……帰るんだ。みんなのとこへ……！」

ガンマが黒弓を構えて、最後の一撃を放とうとしている。

だが……。

「はじゃ……げほっ！」

激しく吐血すると、最後の一発はむなしく、斜め上空へと飛んでいった。

ヴィクターはがっかりしていた。

最後の必殺技を……絶対外してはいけないというタイミングで、外してしまったのだ。

所詮は脆弱な人間か。ここが、人間という種の限界ということだろう。

「……これが最後の一撃で、本当に良かったのか小僧」

「ああ……これが、いいんだよ……」

ボロボロと弓が崩れ落ちていく。

ガンマはその場に膝を突いてうつむきながら言う。

ヴィクターはガンマに近づく。

だが彼は逃げることはしない。

武器を失い、ボロボロの体で、どこへ逃げられるというのか。

「最後は貴様の全身全霊の一撃を、打ち破ってみたかった。武人同士の戦いにしては……なんとも締まりのない幕引きだな」

この時点でヴィクターは、完全に油断していた。武器を失い、ボロボロのガンマが、これ以上攻撃を仕掛けてくるはずがない、と。だからこそ、気づかなかったのだ。

自分が、罠にはまってるという事実に。

「は……馬鹿が」

「……なんだと？」

ガンマが顔を上げる。にやり、と笑った。

ヴィクターは気づく。まさか、と焦った。

「俺は武人なんかじゃない……俺は、帝国軍人だ！」

どがどがどがん！　と周囲に爆発が起きる。

「なんだ⁉」

完全に意表を突かれたヴィクター。

その陰から、武器を持った男が出てきたことに気づかない。

「せい！　はぁ……！」

空をうがつような鋭い一撃。

それはヴィクターの片腕を大剣ごと吹き飛ばした。

「馬鹿な……ここで援軍だと⁉」

「ふっ……そうとも！　ボクの名前はオスカー・ワイルダー！　胡桃隊の特攻隊長さ！」

銃使いのオスカーが、槍のような新武器を手に、ガンマとヴィクターの間に、いつの間にか現れていたのだ。

彼の陰から、二人の剣士が現れる。

影の剣を持つ女剣士……アイリス。

氷の剣を持つ美女……シャーロット。

「ぐっ！　卑怯な！　武人の決闘に水を差すなど！」

「わりぃな蟲野郎。こちとら泣く子も黙る帝国軍人なんでね。勝ちゃ、いーんだよ」

「隊長……！」

胡桃隊隊長、リスの姿をしたおっさん、マリク・ウォールナット。

そして……。

「がんまー！」

「めいべ……うぐ……！」

赤い髪の魔法使い、メイベル・アッカーマンがガンマに抱きつく。

「おま……くるしい……骨折れてるんだって……」

「あ、ご、ごめん……」

ちっ、とヴィクターが舌打ちをする。

こちらはガンマにかなり傷を負わされている。

そこに、四人（と一匹）の援軍。

一騎打ちが始まる前ならいざしらず、今ここで五人を相手にするのは分が悪すぎる。

「……小僧。ここはいったん引いてやろう」

「僕らが逃がすとでも?」

ぎんっ、とヴィクターがオスカーをにらみつける。

「やってみるか?」

「オスカー。やめとけ。相手は手負いの獣だ。何してくるかわからない」

「ふっ……賢明だな。やはり貴様は別格のようだ」

ばっ、とヴィクターが翅を広げて宙へと移動する。

「……速すぎて目で追えなかった。ガンマはこんな化け物を相手にしてたのかね」

オスカーたちは戦慄する。

あの化け物を一人で引き分けにまで追い詰めた、ガンマという男を。

「小僧。名前を聞いてやろう」

「…………」

ガンマに答える義理など全くなかった。

だが、強敵との戦いの中で、やつとは奇妙な絆のような物を覚えていた。

「ガンマ。ガンマ・スナイプ」

「覚えておこう。ガンマ。次までその命、貴様に預けておく。だがまた近いうちに戦うことになるだろう。そのときまでに精進しておくのだ」

「ああ……次はあんたを狩らせてもらうよ」

ふっ、とヴィクターが笑うと一瞬で飛んでいった。

ふらり……とガンマが仰向けに倒れる。

「ガンマ！　大丈夫！」

「ああ……メイベル。ありがとう……メッセージに気づいてくれて」

ガンマは先に、メイベルに白紙の矢文を送って自らのピンチを知らせていた。

また、彼女に自分の正確な位置を知らせるため破邪顕正閃を上空に向けてはなったのだ。あの一撃はヴィクターを罠にかけるだけが目的ではなかったのである。

結果、援軍が間に合って、こうしてガンマは生き延びることができたのだ。

「ああ……ありが……と……」

がくん、とガンマが気を失う。

ヴィクターを退けたガンマに対して、隊の全員は、畏敬の念を抱いたのだった。

4章

ガンマが敵を退けた、一方その頃。

大樹の中ではフェリサたちが、ジョージと戦いを繰り広げいていた。

といってもジョージは前に出て戦わない。

腰を下ろし、たばこをふかしている。

「余裕ですねぇ、兄さん」

ジョージの妹、リヒターは兄をにらみつけながら言う。

「まあね。君たちに勝つ必要はないから。こちらはこの卵がふ化するまで守り切ればいい。さらに数で言えばこちらの方が有利だからね」

ジョージの周りには改造人間が立っている。

人間に無理矢理、蟲のパーツをくっつけたような異形のものたち。

「…………」

フェリサは手斧を、リフィルは杖を、そしてリヒターは狙撃銃を構える。

「先手必勝ですよぉ……！」

リヒターが魔法狙撃銃をぶっ放す。

だが、それに対して……。

どがん！

「なっ⁉　狙撃……銃⁉」

なんと改造人間の腕が、狙撃銃になっていたのだ。

装備したのではなく、腕を改造したようなフォルムである。

「妹の君が思いつくことを、兄である私が至らないとでも？」

「いや……それ以前に、銃はボクら帝国側の技術でしょう！」

「そうだよ。マネさせてもらった」

あまりに堂々と、ジョージが言い放つ。

リフィルは知ってる。この銃という技術は、リヒターが考案、開発したものであると。

ゆえに、簡単に模倣して自分のものとして使ってるジョージが許せなかった。

「開発者としてのプライドはないの、あなた？」

「プライド？　もちろんあるさ。最強種を作り出すという、科学者としてのプライドがね。けれど、そのためにはどんな手段もいとわない。目的のためならいいと思ったものは貪欲に取りいれていく。それが技術者として有るべき姿だと思うけどね」

「そうは思わないわ！　それを開発したリヒターの、努力を踏みにじる最低な行為よ！」

「やれやれ、見解の相違だね」

腕を銃にした改造人間たちが集まって、リフィルたちに一斉掃射を開始する。

どががが！　と絶え間なく銃弾の嵐が降り注ぎ、リフィルたちは距離をとるしかない。

「銃の強みは、これを装備することで一定水準以上の兵士を作り出すこと。そして、火力を集中しやすいこと。二つの利点を考慮すれば、数による弾幕の生成がもっとも、拠点防衛においては有効」

フェリサが弾幕をかいくぐりながら接近する。

彼女は優れた聴力を持ち合わせる。

目を閉じて、耳だけで敵の銃弾の位置を正確に把握。

手斧を振り回して銃弾をはじく。

どどぅ！　とリヒターが銃をぶっ放す。

フェリサが開いた活路。そこを通って、狙撃の銃弾が巨大蟲に襲いかかる。

「甘いよ」

改造人間たちが集まって肉の盾となる。

ぐしゃりと崩れ落ちる改造人間のなれの果てを見て、リヒターが怒りの表情を浮かべる。

「人の心は、ないんですかぁ……？」

「残念ながら、そんなものはとっくに捨てたさ。改造人間になった時点で人間は死んでいるのだよ？　死んだ人間はもはや物。物が壊れようと別に何の感慨もわかないだろう？　大量生産、大量消費が一般的な帝国ならなおさら」

「黙りなさい……！」

リフィルがフェリサの後ろからついてきて、ジョージに接近していた。

指揮官を叩けば、いくら兵隊が集まろうと無意味と考えたのだろう。

「麻痺《パラライズ》！」

ジョージに触れて麻痺の魔法を発動させる。

魔獣の手術の際にも使われる、強力な麻酔だ。

どさ、とジョージが倒れ伏す。

「フェリサちゃん今のうち……」

「……！」

フェリサがリフィルに飛びかかって、そのまま地面に転がる。

先ほどリフィルの立っていた場所に改造人間たちの銃弾が、雨となって降り注いだ。

「残念だけどその程度の麻痺じゃあ、私は倒れないね」

「そんな……竜すら動けなくする麻酔なのに……」

立ち上がって余裕の笑みを浮かべるジョージ。

リヒターは、理解していた。彼がもうすでに、人間ではないことを。

「フェリサ君。リフィル君。遠慮なくやってしまっていい。手加減は、無用だ」

ジョージは敵とは言え、リヒターの兄だ。

フェリサたちは倒すのでなく、捕まえるような動きをしてた。

リフィルに殺意があったのなら、麻痺ではなくもっと強力な魔法……たとえば猛毒を使っていた。

そうしなかったのは、リヒターに気を遣ったからである。

「……そいつはもう、人間では、兄ではありません」

「失礼だな。人間ではないが、君の兄ではないか。リヒター」

「……黙れ。あなたは……もうボクの尊敬する、兄さんじゃない！」

フェリサたちは、リヒターの悲壮なる覚悟を確かに受け取った。

二人はうなずく。もう、手加減はなしだ。

☆

ガンマの妹フェリサは、手斧を持って敵に斬りかかる。

だが無限にも等しい数の改造人間たちが行く手を阻んでくる。

彼女の持つ怪力で敵を払っても、わいて出てくる。

「フェリサちゃん！　ザコをいくら倒してもだめよ！」

麻痺等の魔法を使ってリフィルが敵を倒しながら進む。

フェリサも彼女を倣って、まっすぐに敵の指揮官であるリヒターの兄、ジョージを狙う。

「………」

正直、迷いがないと言ったら嘘になる。

リヒターは、ここまで一緒に旅した仲である。

その兄を殺すことにかなり心理的な抵抗を覚える。

自分にも、兄がいる。

兄を大切に思う気持ちも、妹にとって兄が大切であることもわかってるつもりだ。

だから……いや、でも。

やらなければならない。

「学ばないね、君たちは。一斉掃射」

両腕を銃に改造された敵の兵隊たちが、フェリサを取り囲んで一気に銃弾の雨を浴びせてくる。

だが何度やろうと聴覚に優れるフェリサには通用しない……。

「だと思って、こんな小細工を弄してみようと思う」

ジョージのそばに控えていた改造人間が、右手を中空に向ける。

ぼしゅっ、と掃射されたのは大きめの砲丸だ。

いくら狙撃されようとも、自分にはこの自慢の耳がある。

回避は容易……。

パァアアアアアアアアアアアアアン！

すさまじい炸裂音が響き渡る。

離れた位置にいたリヒターすらも耳を塞ぐほど。

「これは……音爆弾ですかぁ……！」

「そのとおり。耳のいい敵がいると聞いたのでね。潰させてもらった」

音爆弾の直撃を受けて、フェリサはその場に倒れ込む。

「ふぇり……さちゃん……」

リフィルもまた今の爆撃によって三半規管をやられていた。

その場に崩れ落ち、動けないでいる。

「まずは補給線を潰す。戦の鉄則だね」

ちゃきっ、と改造人間たちが倒れ伏すリフィルに銃口を向ける。

女をよってたかって殺そうというのに、彼らの瞳にはなんの迷いも見られない。

……人間じゃ、ない。

こいつらも、そして平然と命じるあの男も。

「じゃ、殺したまえ」

どががが っ! とリフィルに銃弾の雨が浴びせられる。

……だが、銃口があさっての方向を向いていた。

「ほう、その体でまだ動けるのかい? 驚異だね」

フェリサは地面に這いつくばりながらも、手斧をぶん投げて、改造人間たちの胴体を切断していた。

打ち込まれるほんの一瞬の間に、斧を投げて敵を切断。

体がずれたことで銃弾が当たらずに済んだのである。

「フェリサちゃん!」

リフィルはなんとか立ち上がって駆け寄る。

フェリサの耳からは出血が見られた。

鼓膜、そして三半規管を完全にやられて、もう立ち上がれないほどの深いダメージを負っている。

そんな中で、彼女はリフィルを助けたのだ。

「どうして……?」

「……だち、……から」

絞り出せたのは、そんな言葉だった。

友達だから。そう、狩人であるフェリサの周りには友とも呼べる同世代の女の子はいなかった。

フェリサの部族は男が狩りにいき、女は家を守るものだった。

だがフェリサは兄に憧れ、兄とともに荒野で獣を狩る狩人の道を選んだ。

兄のせいにするつもりは毛頭ない。

だがこの道を進んだことで、フェリサは村で、友達ができずにいたのだ。

そんななかで、兄が連れてきた友達。

リフィル、リヒター。どちらも優しい女性。

初めてできた、お友達。

そんな二人を守りたかった。

「いや！　駄目よフェリサちゃん！　死んじゃ駄目！」

フェリサに治癒魔法を施すリフィル。

だが彼女が動くことはない。

「無駄だよ。そこのお嬢さんは人間離れした聴覚を持ってる。さっきの音爆弾の威力を君も聞いただろう。それを至近距離で受けたんだ。ダメージは脳の深いところまでいってる」

「そんな……」

脳が死ねば、さすがにフェリサがどれだけ頑丈だろうと死ぬ。

脳の蘇生。そんな、高度な治癒魔法……。

「…………」

昔は、使えた。まだ駆け出しだった頃。

リフィルは軍医として最前線に立っていた。

何十何百という重病患者を治していた。

彼女は天才だった。天狗になっていたのだ。

どんな怪我も病気も、自分の手にかかれば一瞬で治療できると。

それがおごりになった。

田舎から弟がモンスターに食われて重体を負ったと聞いた。

急いで駆けつけたとき、弟は瀕死だったが、まだ生きていた。

天才の自分ならば、絶対に直せる。

……だが大切な者の死を目の前にしてリフィルは、自分がどうやって治癒を行っていたのかわからなくなった。

怖かった。自分が一歩間違えれば、大事な弟を永遠に失ってしまうというプレッシャーに負けて……。

いつもどおりの力を発揮できなかった。そして……弟を殺してしまった。

あのときのトラウマから、以前のような天才的な治癒術は使えなくなった。

「フェリサちゃん……」

リフィルの手が震えている。また、大事な人を失ってしまう。

彼女はガンマの……仲間の妹だ。

そして、リフィルもまたフェリサに仲間意識が芽生えていた。

仲間を……殺してしまうのではないか。そんな恐怖心が、リフィルから自信と平常心を奪う。

『先生……！』

「！　ガンマちゃん……？」

どこからか、ガンマの声が聞こえた気がした。

見上げるとそこには、白いツバメが旋回している。

ガンマの矢文である。

『今そっちに仲間と向かってます！』

「！　ガンマちゃん……生きてるのね……！」

剛剣のヴィクター。恐るべき敵を相手に、ガンマは生き残って見せたのだ。

ガンマは、すごい。どんな窮地も切り抜けてしまう。

自分とは……違う……。

『先生！　すぐ行きます！　だから……フェリサを、頼みます！』

「っ！」

妹を頼むと、ガンマから言われた。

状況を、彼は理解してるのだろうか。いや、してるんだ。

そのうえで、彼は励ましてきたのだ。

自信を失って、今、彼の大事な人の命を、助けられずに終わろうとしていた自分に……。

「でも……ア、アタシは……」

『できる！　先生ならできます！　俺は知ってる。あなたはすごい治癒術士だって！』

――おねえちゃんは、ぼくのじまんの、すごい治癒術士だよ！

……死んだ弟がいつもそう言って、褒めてくれていた。

弟が死んでから、自分を、そして弟の言葉を信じられなくなっていた。

でも……ガンマはそれを否定してくれた。

すごいって、信じてくれた。

「リフィルくん！　ボクが敵を引きつけてます！　その間に……フェリサ君を！」

リヒターの言葉がようやく聞こえるようになった。

リフィルが絶望に沈んでいる間も、狙撃銃を使って、改造人間たちからリフィルらを守ってくれていたんだ。

リヒターも、そしてガンマも、自分を信じてくれる。

……自分を、まだ信じられない。

けれど、弟と同じことを言ってくれた、彼の言葉を信じたい。

「わかったわ、ガンマちゃん。リヒター……アタシ、出すわ。本気を……！」

ごぉ！　とリフィルの体から膨大な魔力が吹き出す。

彼女の側頭部から、黒い、悪魔のような角が出現。

尾てい骨のところからは、コウモリのような一対の翼。

そしてお尻から生えるのは、鏃《やじり》のついた細長い尻尾。

「リフィルくん……君は、淫魔《サキュバス》……魔族の生き残りだったのかい……？」

☆

ガンマのチームメイト、リフィル・ベタリナリには魔族の血が流れてる。

魔族、かつて存在した高い魔法適性を持つ種族のこと。

人間と魔族は長い間、戦を繰り返していた。

しかし怪物と呼ばれた勇者が魔王を討伐したことにより、長きにわたる戦は終わりを迎える。

生き残った魔族たちは人間たちの前から姿を消し、以後、その存在は確認されなかった。

……しかし、別に種として滅んだのではなかった。

彼らは生きていたのだ。

人に見つからないよう、ひっそりと息を潜めて。

リフィルたち淫魔もまた、生き残った魔族の一種だ。

人に快楽をもたらす淫魔たちは、精神操作、そして肉体を癒やす術に長ける。

特にリフィルの先祖には、世界最高の治癒術・神の手を持つ男がいた。

彼の血縁たるリフィルは、神の手に匹敵するほどのすさまじい治癒術を会得していた。

……今までは弟を助けられなかったことがトラウマになって、その神の手を使えずにいた。

けれどリフィルは、ガンマの励ましによってトラウマを乗り越えたのだ。

「いくわよ、フェリサちゃん！」

リフィルは翼を広げる。

体から吹き出すのはすさまじい量の魔力だ。

その魔力は聖なる属性が付与されている。

神の手。世界最高の治癒術。

かつて歴史上で一人だけ、人間がその神の手を使っていたのが記録されている。

その記録によると、彼は死者すら蘇生して見せたという。

無論、今のリフィルにそれほどの力は持ち合わせていない。

だが、彼女は神の手の男に匹敵するほどの力と、そしてその男の血を受け継いでいる。

「全回復《リザレクション》！」

広げた両手から放たれるのは聖なる光。

それはフェリサの体を優しく包み込む。

壊れた細胞が瞬時に再生していく。

体細胞だけじゃない、脳細胞すらも元どおりになっていくのだ。

あらゆる細胞を元に戻す術だ。

今までのリフィルには使えなかった回復術を、リフィルは魔族としての力を解放することで、使えるようになったのだ。

「…………」

「フェリサちゃん！」

瀕死の重傷を負っていたフェリサが目を覚ます。

リフィルは目覚めたフェリサの体をぎゅっと抱きしめる。

自分の力を取り戻したことよりも、フェリサが無事であったことの方がうれしかった。

フェリサはすぐにこの人が助けてくれたのだと気づく。

「……り、が……と」

元々フェリサは無口だ。

耳がいいフェリサは、しゃべるだけで自分の耳に大ダメージが入る。だからしゃべらない
……ということになってる。

でも本当は、しゃべるのが苦手なことを隠すための嘘だ。耳に詰め物をすれば、普通に会話

することができる。でもそうしない。

彼女は兄と祖父以外の人間としゃべるのが、怖いからだ。

……でも、この人は違うとフェリサは思った。

命の恩人だからというのもある。けど、それ以上に、こんなふうに助かったことを心から喜んでくれるリフィルのことを……大好きになったのだ。

「ほんとによかった……」

ぎゅっ、とフェリサがリフィルを抱き返す。

だが……。

「感動のシーンが繰り広げられてるところ申しわけないけどね、タイムアップだ」

にんまりとジョージ・ジョカリが笑う。

その瞬間、巨大蟲の卵の表面が、ばり……と割れたのだ。

卵から出てきたのは手だった。しかも、すさまじい大きさだ。

『な、なんやこれ⁉　本体やなくて、手だけでこの大きさかい⁉』

そこそこ広い実験施設を、あっという間にいっぱいにするほどの巨大な手。

リヒターはそれを見て戦慄する。

「細胞の成長速度が異次元です！　このままこの部屋にいたら、あの蟲に押しつぶされます！

みなさん、脱出を！」

フェリサがうなずくと、近くの壁に向かって走り、そのまま拳を繰り出す。

爆発音とともに壁に穴が開いた。

リフィルとリヒター、そしてリコリスがその場から退避する。

「…………」

リヒターは一度だけ立ち止まり、兄を見やる。

自分もここにいたら圧死するというのに、彼は動かなかった。

それはそうだ。

彼はもう人間じゃない。これくらいじゃ、死なない。それでも……。

「早くお仲間のところへいきたまえ。私と君の道はもう永遠に違えたのだ」

「…………兄さん」

あっさりと家族の絆を捨てる兄とは違って、妹にはやはりどこか、兄を見捨てられない自分がいた。

「君の甘さはいずれ仲間を殺す。早々に人の心は捨てた方がいい」

「……ぼくは、兄さんとは違う」

「ああ、そうかい。じゃ、勝手にしたまえ」

椅子に座ってたばこをふかすジョージ。

リヒターは一度だけ振り返った後、部屋から出て行く。

フェリサはリフィルとリヒターを抱きかかえて、超速で研究施設から脱出。

外に出るのとほぼ同時に……。

どがぁああん！　という激しい爆発音とともに、研究施設のあった巨大樹が内側から破裂した。

壊れたはずの大樹が、しかし一瞬にして元どおりになった……。

「いや、違うわ！　あの大樹を超えるほどの……巨大な蟲よ！！！」

リフィルたちは戦慄する。

これから相手にするのは、巨大樹を遙かに超える……超巨大な化け物であることに。

5章

ガンマたちは人外魔境の地にて、超巨大蟲と相対していた。

リフィルたちの健闘むなしく、ジョージ・ジョカリの作った卵はふ化してしまった。

フェリサたちは実験施設のあった巨大樹から脱出し、楽園の森へと出てきた。

『おいおいおい！　なんやあのデカすぎるバケもんは……！』

巨大樹を超えて、なおも膨張し続ける蟲……。

一言で言うのなら、巨大な黒い芋虫だった。

超巨大蟲はむしゃむしゃ巨大樹をむさぼり食っていく。

どくん、どくんと脈打ちながら、さらに体を膨張させていた。

『！　しもうた！　仲間たちがあの中に！』

「どこへ行くんですかぁ」

リヒターが妖精リコリスを掴んで止める。

『姐さん離してぇな！　あんなかには、とらわれた仲間たちがおんねん！』

ジョージにとらわれた楽園の妖精たちを、取り返して欲しいというのがそもそものリコリスからの依頼だったのだ。

今もなお食われている巨大樹に向かって、リコリスが飛ぼうとする。

「今行っても、食われて終わるだけですよぉ……」

『けど！』

「大丈夫！　あたしが取ってきた！」

そのとき、上空から何かが降りてくる。

それは遠目に見ると、巨大な鳥のようなゴーレムだった。

一対の翼があるものの、羽ばたいていなかった。

代わりに風がごぉおおお！　と噴出されている。

鳥の背中には魔法バイクのようなハンドルがついており、それを握っていたのは……赤い髪の魔法使いメイベル・アッカーマンだ。

「メイベルちゃん！」

「先生……！」

メイベルは降りると、リフィルたちに駆け寄る。

「大丈夫、怪我ない⁉」

「ええ、大丈夫よ……」

ほっ、とメイベルが安堵の息をつく。

「メイベルちゃん、どうやって？　帝国からここって、かなり距離があるはずなのに……」

「魔法飛行機《マナ・バード》を使ったの！」

「まな……ばーど？」

メイベルが指さすのは、鳥のようなゴーレムだ。

「おれの発明した、小型の飛行移動装置だぜぇ」

「マリク隊長！」

メイベルの影から出てきたのは、マリクをはじめとした胡桃隊のメンバーたち……。

「ガンマちゃん……！！！」

リフィルは誰よりも早くガンマの下へ駆けつける。

彼は包帯でぐるぐる巻きになって、なおかつオスカーに肩を借りている状態ではあったが。

しかし、生きていた。

リフィルは自分を止められることができず、彼に強く抱きついた。

「良かった……ガンマちゃん……生きてた……」

「はい。だいじょう……いたたた、いたいです先生……」

「！　ご、ごめんなさい、つい……」

リフィルにとってガンマはもう、かけがえのない存在になっていた。

あと一歩のところで、フェリサを死なせてしまうという状況下、彼の言葉がヒントになって
……解決に導けた。

まるで暗闇を照らす太陽のようだ、とリフィルは思った。

それくらいガンマは大切で……そして……。

「うぉっほん！　先生、ガンマが痛がってるようだがね？」

「あ、ご、ごめんなさい……すぐ直すわ……」

リフィルは治癒魔法を使う。

折れた骨が瞬時に戻っていく。

「ありがとうございます……いてて……」

「先生の治癒でも完治できないのかね……！　ヴィクターとかいう魔族は、それほどまでにガンマに強いダメージを負わせていたってことかね……」

戦慄するオスカー。

リフィルは悔しい思いをしている。

「ごめんなさい……フェリサちゃんの治療で、もう結構魔力を使っちゃってて……」

「いや、動けるようにはなりました。ありがとうございます」

「うん……それと……」

フェリサをあと一歩で死なせるところだったと、謝ろうとした。

けれどガンマはまるで彼女の心を読んだみたいに、首を振る。

「今は、あれをなんとかするのが先決でしょう？」

「ガンマちゃん……」

ああ、だめだ……とリフィルは彼への思いで胸がいっぱいになる。

好き……思わず気持ちが口を突こうとする。

だが、今は緊急時。彼が言うとおり、あれをどうにかしないと、自分たちは死んでしまう。

「しっかしあのデカい蟲……どうするかね？」

「ここで食いとめんぞ。幸いこの人外魔境の地には人がほとんど住んでねえ……」

サングラスをしたリスこと、マリク隊長が巨大蟲を見上げて言う。

たしかに、人外魔境は一面荒野だ。

しかし……裏を返せば、この荒野を突破されると敵が人里に下りて……大変なことになる。

「やんぞ、てめえら……気合い入れろよ！」

胡桃隊のメンツがうなずく。

そこへ先行していたゴーレムが巨大樹から帰ってくる。

『みんな！　無事やったんやな！』

ゴーレムが連れてきた妖精と、リコリスが再会する。

彼らは再び会えたことを喜び合う。

『ありがとう、兄さんたち！　わいら妖精も……力貸すで……！』

今この場にいるのは、胡桃隊のフルメンバー。

フェリサ、そして妖精たちが数名。

これで巨大樹を超えるほどの、でかい化け物を討伐しないといけない。

だが……誰一人として窮地に体を震わせてはいなかった。

「ガンマ。わかってると思うが、おめーが頼りだ」

「はい。任せてください」

あの恐ろしい魔王軍直属の護衛軍を一人で相手取った、最強の軍人、ガンマ・スナイプの存在。それが彼らに自信と勇気を与えている。

「しかし……君、武器はすべて失ったんだろう?」

「ああ、けど大丈夫だ。ガンコジーさんが、新しい弓を届けてくれる」

「となると……ボクらは足止めだね。任せときたまえ！」

この場のみんなの意思が統一される。

ガンマにラストアタックを任せる。それまでの時間を稼ぐ。実にシンプルな作戦だ。

「いくぞ、戦闘開始だ！」

「「おう……！」」

☆

ふ化してしまった超巨大蟲。

俺たち胡桃隊と妖精たちで、こいつをなんとしても人外魔境にいる間に駆除する必要があった。

「ガンマ君はこれを使ってくださぁい」

リヒター隊長から細長い筒を受け取る。

「それは狙撃銃ですぅ、弓と比べたら物足りないでしょうがぁ、ないよりましかと」

「狙撃銃……なるほど、銃なんですね」

帝国が開発した銃は、優秀な武器だ。

誰でも一定の火力を持った兵士にすることができる。

……だが、裏を返すと一定のパワーしか発揮できない。

俺の思うとおりの遠隔攻撃をするためには、やはり、弓が必要だった。

だが今は贅沢言ってはいられない。

じーさんが俺のために、新しい黒弓を作ってくれる。それが届くまではこれでしのぐ。

よし、とリスのマリク隊長がうなずく。

「メイベルは銃で武装したゴーレムを使って弾幕を張れ。妖精たちも魔法で援護しろ」

「了解!」『らじゃーやで!』

メイベルが黒い杖を振るう。

地面からぼこぉ……と大量のゴーレムが現れる。

「メイベル、その杖は……?」

「これはマリク隊長が新しく作った魔道具！　おねえちゃんの影魔法が付与されてるんだ！」

アイリスの影魔法は、自分の影の中に物を収納できるらしい。

なるほど、事前にゴーレムを作っておき影からゴーレムを取り出したのか。

人型のゴーレムの手には、二丁の拳銃が握られている。

かなりデカい銃で、明らかに人間が扱うことを想定されていない。

「いっちゃえ、ゴーレムちゃんたちー！」

メイベルの指揮で一気に動き出す。

超巨大蟲のもとへむかって、恐れなくまっすぐに突っ込んで、そして銃をぶっ放す。

ばごぉおおおん！　と、離れたこっちからでも銃声が聞こえるほどの威力だ。

反動でゴーレムの腕が吹っ飛んでいる。

超巨大蟲の体の一部分が削れる。

次々とメイベルのゴーレムが発砲しては、虫の体を削っていった。

『わいらも意地みせるで！！！』

『『煉獄業火球《ノヴァ・ストライク》』』

妖精たちが放つ高火力の極大魔法。

近くにいたゴーレムすらも粉々に砕いていく。

「効いてる……！　よーし、ガンガンいっちゃえー！」

ゴーレムは次から次へと湧き出て、同じ行動を繰り返す。

これがゴーレムの強みだ。

腕が吹っ飛ぼうが体が粉々になろうが、関係なく敵の懐のうちで、自爆特攻ができる。

さらに火力を集中させても味方からの攻撃を受けても平然としている。

やっぱり、ゴーレムはすごい。

けど一番すげえのは、あの数のゴーレムを手足のように操るメイベルだ。

「ふっ……メイベルばかり目立っても困るね。ボクも新兵器をお披露目といこうか！」

オスカーの手には一本の槍が握られている。

「そうだおまえ……銃はどうしたんだよ？　拳銃と格闘術がおまえのスタイルじゃなかったか？　槍なんて……」

「ふっ、これもまた銃のひとつさ。これは銃槍《ガンランス》！」

「銃槍……？」

「その名のとおり、銃と槍を組み合わせた特殊な武器さ」

オスカーが銃槍を構えて立つ。

「シャーロット、オスカー、そしてフェリサは遊撃だ。側面および背面から攻撃。ただしあまり敵の気を引きすぎるな。あくまでもこれは時間稼ぎだからな」

「「了解！」」「……！」

火力の高い三人が散開。

一番先に敵にたどり着いたのは、足の速いオスカーだった。

森の木をかけあがって、そのまま突っ込む。

「これが銃槍の威力……さ！」

超巨大蟲の側面に槍が突き刺さる。

オスカーが引き金を引いた瞬間……どがぁあああん！　と内部から虫の体が吹っ飛ぶ。

「すげぇ……なんだありゃ……どうなってんだ？」

「おれが開発した。槍の先端に特殊な火薬がこめられてる。内側に槍を突き刺して、内部から化学反応で爆破させるのさ。ま、蟲の固いボディから作られた槍と、あいつのたぐいまれな体術センスがなきゃ、反動で大ダメージ食らうのはあいつなんだがな」

銃を放つ反動を使って、オスカーは背後にジャンプしていた。

あいつじゃなきゃできない芸当だ。

シャーロット副隊長とフェリサもおのおのが武器で大ダメージを与える。

「ガンマはそれで、敵のヘイトを管理してくれ」

「はい……」

まだ体は痛むが、狙撃銃を使っての攻撃なら体に負担はかからない。

……だが、ヘイト管理。つまり攻撃じゃなくて、敵が気を散らさないように引き留める役割だ。

敵にダメージを与えられてない……。

「おまえは秘密兵器だ。今はリフィルの支援を受けながら、そうしてチクチクついてだな」

リフィル先生がずっと俺に治癒をかけてる。

魔力量に限界が近いだろうに、魔力回復のポーションを飲みながら、俺に治癒術をかけている。

「みんな与えられた役割を、そのとおりこなしてる。おまえもだガンマ。だからおまえは……しっかり体を休ませとけ」

俺の隣でリヒター隊長がうなずく。

「ボクはあいつの解析を行ってますぅ……君も君の責務を果たしてくださぁい……」

そうだ、そうだよな。

もう一人で戦わなくていいんだ。

俺たちはチームで、俺は組織を回す歯車の一つ。

それで、いいんだ。

「わかりました、狙撃します」

俺は腹ばいになって、狙撃銃で超巨大蟲に一撃入れる。

淡々と、役割をこなす。それが今できる最大限だから。

☆

メイベルのゴーレムと妖精たちの魔法による弾幕と、前衛たちの高火力のアタックにより、敵はじりじりとその体を削られていた。

俺は魔法狙撃銃によって、遠隔から体を狙う。

どぉ！　というすさまじい衝撃とともに、ぶっとい弾丸が飛んでいく。

超巨大蟲の組織を貫通し、背後の木々をも貫通していく。

通常なら申し分ない威力……だが。

「……だめだ」

「なんですって……？」

俺の隣で、ずっと治癒してくれているリフィル先生が首をかしげる。

「この銃じゃ、威力が足りないです」

「申し分ないと思うけど……」

「たしかに。でもそれは、火薬を爆発したときに生じるエネルギーしか伝わりません。俺の思い描くパワー、速度……そして着弾位置からはかなりずれます」

「期待値高すぎない……？」

「かもしれません……けど……やっぱり違和感は拭えないです」

弓は、いい。

俺の思い描く弾道で、俺の思うとおりの威力で、敵を倒せる。

狩人としての俺の得物は、やっぱり弓なんだなって改めて思う。

「ガンマちゃん、もう少しの辛抱よ。今はガンコジーさんの弓が届くのを待つしかないわ」

「ああ、そうですね」

俺は狙撃に戻る。

だいぶ体を削れてきた……と思った矢先だ。

俺の目には、見えたのだ。

敵の動きが……いや、敵の感情の揺らぎが。

「距離をとれ……！　今すぐ！」

「総員撤退！」

マリク隊長が手に持ってた魔道具にそう叫ぶ。

これは遠くにいる人に声を届ける魔道具だ。

隊長からの声が、俺たちの装着しているイヤリング型の魔道具を通して聞こえる。

命令を受けた隊のみんなは、誰も躊躇することなく引く。

ドゴォオオオオオオオオオオオオオオオオオオオン！！！！！

すさまじい熱波と衝撃。

俺も思わず顔をしかめてしまう。

腹ばいになっていたからダメージはゼロだが……あれを至近距離で受けていたらと思うとぞっとする。

だが俺はアタッカーたちが無事なのをきちんと目視していた。

「なんだね!? 爆撃かい!?」

「……いえ、これは……」

シャーロット副隊長とオスカー、そしてフェリサが、大分離れた場所に着地。

メイベルのゴーレムは今ので全部ぶっ飛んでいた。

爆発源を見ると……そこには1匹の巨大蟲。

「ガンマ、被害確認！　リヒターは今の現象の分析を！」

「「了解……！」」

俺はスキル鷹の目を発動。

鳥瞰を可能にする狩人のスキルを使って、戦場を見渡す。

オスカーたちアタッカーは無事。妖精も問題なし。

ゴーレムは被害甚大。

俺は今見たことを隊長に伝える。

「良かった……今んところ損害なしか。助かったぜ、ガンマ。おまえの目がなきゃ死んでた」

「いえ、ですが、今のはなんだったんでしょう？　巨大蟲が急に爆発したように見えましたけど」

するとき双眼鏡のような魔道具を手に持ったリヒター隊長がつぶやく。

「そのとおりですよぉ。あの馬鹿でかい蟲の体がはじけ飛んだのですぅ」

「なに？　どういうことだ、リヒター？」

「おそらくですが、あの蟲は成長速度が尋常じゃありませぇん。あれは爆発ではなく細胞の代謝……つまり、傷ついた細胞をきりすて、新しい細胞を生み出した。そのときのエネルギーを熱に変えて外部に照射したわけですぅ」

マリク隊長がうなる。

「……ようするに、あの馬鹿でかい蟲は、自分の意思で爆発を起こせる。そして、爆発を終えると細胞が再生してる……と？」

「ですねぇ。破壊と再生の能力、とでも言えばいいでしょうか」

「んだよそりゃ……いくらダメージを与えても意味ねえじゃねえか！」

たしかに超巨大蟲の傷口は完全に塞がっていた。

穴の開いた箇所は完全にふさがり、削った部位も元どおりである。

「ちまちま攻撃しても無意味ってことかよ！」

「ですねぇ……やはり一撃で消し飛ばすしかないようです」

「よし！　作戦は変わらない！　引き続き持久戦だ！　各員深追いは絶対するな！」

マリク隊長が的確な指示を飛ばす。

「ガンマ。また次のあの爆発を起こそうとしたら言ってくれ」

「わかりました。もうプレモーションは盗みましたので、完璧に回避できると思います」

「よし……しかし、マジでやっかいな蟲だなありゃ……」

すると巨大蟲は体を震えさせると、ずず……と体を動かし出した。

「敵が前進を開始しました」

俺の方向に、くそっ、とマリク隊長が悪態をつく。

「メイベル！　準備はいいな⁉」

『もっちろんだよ隊長！　誘導よろしく！』

マリク隊長がうなずいて、またも指示を出す。

「指定するポイントまで獲物を誘導するぞ！　メイベルが罠を張って待っててくれてる！」

「「了解！」」

俺たちは移動しながら、銃や武器でちくちく削りつつ、敵の動きを望む方向へと導く。

痛みを与えると、それを嫌がるように、逆サイドへと進んでいく。

「リヒター隊長、おそらくですが、あの蟲は知能が高くないと推察します。生まれたばかりだからでしょう」

「なるほど……ガンマ君の言うとおりかもですねえ。あまりに動きが素直すぎますし……」

俺たちの考えを、隊長が魔道具を使って情報拡散。

敵が裏をかくような攻撃がないと知ると、ガンガンと敵をつついて動かす。

やがて……。

ずずぅうううううん……と、超巨大蟲が地面に沈んでいった。

「どうだ！　メイベルさん特性の落とし穴じゃい！」

魔法飛行機を使って空を飛んでいたメイベルが、勝ち誇ったように叫ぶ。

彼女は錬金の魔法を得意とする。

この円卓山の一角を底なし沼に変えて、落とし穴にしたわけか！

「よし！　敵が罠に落ちた！　やつをここから抜け出させるな！」

「「了解……！！」」

☆

錬金で作った底なし沼にはまった超巨大蟲。

「今だ！　野郎ども、たたみかけろ！」

「「了解……！」」

リスであるマリク隊長の号令で、俺たちは一斉に、罠にはまった敵に攻撃を加える。

俺は木の上から狙撃。メイベルは即席の魔導人形を作って武装させ、沼にはまっている敵に向かって銃による一斉掃射。

【GI……GIGI……】

「おお！　なんだか効いてるじゃないか！　敵も再生してこないし！」

拳銃に切り替え攻撃を加えるオスカーが、超巨大蟲の様子を見て歓喜の声を上げる。

そう、この沼に入ってから、あきらかに蟲の再生速度が遅くなったのだ。

メイベルが魔導人形を操りながら、得意げに言う。

「リフィル先生の作った毒とのコラボレーションだよ！」

「沼の成分にわたしが毒を混ぜておいたの。細胞を死滅させる、強力なやつをね」

錬金で泥沼を作り、そこに先生が得意の状態異常魔法で作った毒を混ぜ、毒沼トラップを作ったというわけか。

「おお！　いいですねぇリフィル。細胞を破壊する毒を中和するのに忙しいみたいで、体の再生が間に合っていないですよぉ！」

「リヒターの言うとおりだ！　今なら攻撃を加えても再生されない！　おまえら、これがチャンスだ！　殺す気でやれぇ！」

隊長二人の言葉に、隊員である俺たちは一致団結して、攻撃を加える。

銃による集中砲火は、こうした集団戦で最大の効果を発揮する。

なにせ、味方を撃たない。一定距離を取って火力を集中させられるっていうメリットがあるからな。

これを考案し、実際に作り出した帝国はすごいと思う。

あと何年もすれば、戦場での武器が剣や弓から銃に替わるだろうという確信があった。

今はまだ生み出されたばかりで、広まっていないけども。近い将来かならず、銃が魔法と並ぶ主戦力となるだろう。

【GI……GIGI……】

俺たちからの攻撃を食らって、超巨大蟲は苦しそうにうなり声を上げている。

抜け出そうともがいても、沼に足を取られてまたドボンッ……と落ちる。

「…………！」

「……ハァ！」

フェリサが手斧を振り回して、思い切り超巨大蟲に投げつける。

シャーロット副隊長は氷の槍を複数出現させ、それを照射。

『きばれやみんな!』

『『『おう……!』』』

煉獄業火球の連射。

アタッカーたちによる強力な攻撃……。

そしてメイベルや俺、オスカーといったバックスからの絶え間ない砲撃を受けて……。

【GI……GI……】

「はは! 見たまえ諸君! 蟲のやつがついに抵抗をやめたよ!」

オスカーに言われて、俺は鷹の目を調整して、敵の様子をつぶさに見やる。

超巨大蟲はさっきまでは、手足をばたつかせて沼から抜け出すモーションを見せていた。

だが今は暴れるのをぴたりとやめている。

そのままズブズブ……と沼に沈んでいくではないか。

『いける! いけるで……! こりゃガンマの兄さんの武器がこなくても勝てる! このまま沼に沈んでおれや!!!』

妖精のリコリス、そしてみんなが油断しているのがわかった。

だが……俺は見えた。

沼からボコ……ボコ……と微細な泡が立ち上っていることに。

「! おまえら油断するな……! 蟲はまだ生きてる!!!」

「ガンマ？　何を言ってるんだね、やつは沼に沈んで死んで……」

「まだだ！　呼吸をしてる！　総員警戒！」

俺がそう叫ぶのと、ほぼ同時だった。

一気に沼の表面が盛り上がる……。

「伏せろぉおおおおおおおお！」

ドッバァアアアアアアアアアアアアアアン……！！

沼を突き破って、中から何かが飛び出したのだ。

『なんや⁉　一体何が起きたんや⁉』

急転した事態に皆がまだ、状況を飲み込めていない様子だ。

だが俺はわかった。

鷹の目で戦場を広く見回せる俺だからこそ……誰よりも早く気づけた。

「上だ！　上を見ろ！」

……そこにいたのは、一匹の蛾だ。

超巨大蟲と比べて一回りくらい小さいものの……。

それでも、尋常じゃない大きさの蛾である。

「みなさん、気をつけてくださぁい！　敵は羽化……進化したんですぅよぉー！」

☆

「……でかい、蛾？　超巨大蟲を見ていたから、少し小さく見えるね」

オスカーが蛾を見上げながら言う。

敵の表面は赤と黒のまだら模様をしている。

色がおかしいものの、しかし見た目はただの蛾……。

いや！

「まず……げほごほごほっ！」

「なん……がはっ……！」

い、息が……できない。

なんだ……これは……！

俺は立っていられなくて、その場にしゃがみ込む。

オスカーはうつ伏せに倒れて、吐血していた。

「お……おす……げほげほ！　だい……じょ……」

だめ……だ。呼吸するたび喉が焼ける。

熱湯？　いやこれは……毒。

そう、毒だ。
体内に強毒を持つ獣……たとえば毒蛇などに噛まれたときの症状に似ている。
「毒……です……たいちょ……げほげほ！」
周囲を見渡してみると……。
その場で立っている人は、誰もいなかった。
オスカー、リフィル先生、シャーロット副隊長……そして。
「めい……べる……」
魔法飛行機のそばで赤髪の魔法使いが倒れている。
完全に気を失っており、口からはオスカー同様に血を吐いていた。
がくんっ、と体から、力が抜けるような思いがした。
毒の影響……？　いや、違う……。
なんだ？　この……喪失感は。
いやだ……メイベル……いやだ、失いたくない……。
「ガンマ君！」「しっかりしろ、ガンマ！」
ばちんっ、と誰かが俺の頬を叩く。
俺の目の前にはリス……マリク隊長がいた。
彼にビンタされたのだろうということに遅まきながら気づく。

「こっちはおれらに任せろ！　おまえはやつに攻撃を！」

隊長たちは無事のようだ。

リヒター隊長の顔面には、見たことのないゴツいマスクが装着されている。

「ガンマ君の警告のおかげでたすかりましたぁ……。このガスマスクの装着が遅れていたら、どうなっていたことか……」

「おれは体が特別製なんでな」

マリク隊長……たしかに、特別製だ。なにせしゃべるリスだもんな。

「ガンマくん。どうやら敵は我々の使っていた毒を利用しているようです」

「毒を……？　どういう？」

「進化したんですよ。毒沼を体内に取り込んで、毒を克服し……結果、それをも上回る毒の鱗粉を生み出すにいたったんです」

上空で羽ばたいている蛾からは、紫色の粉が降り注いでくる。

そうか、毒の鱗粉か。どうりで前触れもなく倒れると思った……。

「おれたちはできる限り隊員の治療を行う！　援護はできねえ！　おまえは、フェリサとともにあの毒蛾をどうにか足止めしてくれ！」

「フェリサ……？」

蛾に注目してみると、その体は鎖でがんじがらめにされていた。

俺が戦意喪失している間、フェリサは戦っていたんだ……。

あの、病弱なフェリサが。

俺たちを守るために……。

「いけ、ガンマ！　やつを足止めしろ！」

「敵は飛行能力を得ました。我らを排除したら、もう凄まじい速さで街へ降り立ってしまうでしょう。おねがいします、ガンマ君。どうかあの蟲を……駆除してください」

毒蛾は羽ばたきながら、この山の外を目指そうとしている。

フェリサは鎖付き手斧で敵を拘束し、つなひきのように、鎖を引っ張っている。

妹の踏ん張りがなければ、今頃は人里が大パニックになっていただろう。

妹への謝罪の言葉は……しかし今は飲み込む。

「わかりました！」

俺は魔法狙撃銃を手に走る。

……本調子じゃないが、さっきよりは呼吸が苦しくなくなった。

俺はフェリサの下へ近づいて、隣に座り込む。

狙撃銃を使って敵の体に銃弾を打ち込む。

ドドゥ……！

銃弾は凄まじい速さでとんでいくと毒蛾の体へと襲いかかる。

カツーン……。

「……!?」

「はじかれたか……」

幼虫の体は狙撃銃の銃弾で撃ち抜くことができていた。

しかし今は身体に傷一つつけられない。

蛾の身体をよく見ると、毒で身体をコーティングされていることがわかる。

凝固した猛毒が攻撃を無力化していたのだ。

【GIGIIIIIIIIIIIIIIII!】

毒蛾が強く羽ばたく。

すると鎖が引っ張られてフェリサの身体が飛び上がった。

「フェリサ……!」

俺は敵の目玉をライフル弾で打ち抜こうとする。

だが固い音とともにはじき返されてしまった。

「くそっ！　目玉すら硬いのかよ……！」

いや、違う。

この銃弾の威力が足りないんだ。

魔法矢なら、──全力全開の一撃《マックス・ショット》なら……。

悔いてる俺をよそに、フェリサが宙を舞っている。

びたん！　と強くフェリサが大木にたたきつけられた。

「フェリサぁあああああああああ！」

再び毒蛾が舞い、妹がひっぱられそうになる。

俺は魔法狙撃銃で鎖を撃つ。

どうにかまた連れてかれそうになる前に、フェリサを鎖から解き放った。

上空から、真っ逆さまに落ちてくるフェリサ。

俺は間一髪で彼女を受け止めることに成功。

だが束縛の解かれた毒蛾は、猛スピードでその場を離れていった。

「……くそっ！」

フェリサが引き留めてくれたから、なんとかなっていたのだ。

でも今敵を縛り付ける物は何もない。

遠距離狙撃……は、銃なんかじゃできない！

弓が……弓が欲しい！

弓さえあれば、俺はどんなに遠く離れたときも、素早い獲物でも、討ち取ってみせるのに！

仲間は全滅。俺もボロボロ……。

敵は逃亡して、人里へと向かっている……まさに、窮地。

「もうだめか……」

そのときだった。

「ガンマ！　遅くなってすまなかった……‼」

上空から、今一番聞きたい人の声がした。

大きな鷲に乗った、その人は……。

「ガンコジーさん！」

俺の育ての親で、武器職人のガンコジーさんがそこにいたのだ。

にっ、と笑うと、じーさんは俺めがけて何かを放つ。

「受け取れぇえええええええい！」

彼が投げたそれを、俺はキャッチする。

「弓……間に合ったんだな、新兵器！」

☆

毒蛾へと進化した超巨大蟲。

毒を吸って倒れている仲間たち。

そんな中で、ガンコジーさんが大鷲に乗って現れた。

投げ飛ばされたのは、１本の弓。

魔蟲から作られた黒い弓から……さらに形を変えてる。

装飾品がないのはこないだと同じだが、緑色の光る線《ライン》が走っている。

小さく緩く明滅しているところから、それが血管のように思えた。

「ガンマ！　それがわしの作った魔蟲弓じゃ！」

「まちゅうきゅう……」

実に手になじむ。じーさんが俺の手の形に合わせてくれたのだろう。

俺はすぐさま弓を持つ。

ばちんっ！

「なん……ぐ……！」

弓を持つ左手に、何か鋭い痛みが走った。

つぶさに見ると、俺の左腕が肘のあたりまで……黒くなっていた。

どくん、と魔蟲弓が脈打つのと同期して、俺の黒くなった左腕に走るラインも明滅する。

「つながった……」

そうとしか形容できなかった。

手になじむなんてレベルじゃない。俺とこの魔蟲弓とが、完全に一体化したのだ。

「！　体が……楽になったぞ……」

さっきまで毒と、ヴィクターとの戦いによるダメージで体がボロボロだったはず。

なのに、俺の体はまるで、羽が生えたように軽くなっていた。

「いける……これなら……！」

俺はメイベルの乗っていた魔法飛行機に乗る。

「ガンマ！　それは基本構造がゴーレムだ！　メイベルじゃないとまともに運転できないぞ！」

仲間たちの治療をしているマリク隊長が俺に忠告する。

確かに、操作が難しそうだ。

「隊長でも無理ですか？」

「ああ。おれも上空に飛び上がってホバリングぐらいしかできねえ」

「上出来です！　操作はお願いします」

マリク隊長が困惑している。俺が何をするのかわかってなさそうだ。

だが俺の目を見て、こくんとうなずく。

治療をリヒター隊長に任せ、マリク隊長が魔法飛行機のハンドルの上に乗る。

魔法陣が展開し、マリク隊長が両手を広げる。

すると魔法飛行機がふわり……とその場に飛び上がった。

「もっと高度を！」

「わかった！」

ぐんぐんと魔法飛行機が上昇していく。

そして、さっきまで俺たちがいた円卓山が、遥か下に見える位置までやってきた。

「おまえ……これからどうするんだ？」

「ここから、やつを狙撃します」

「ここからって……おまえ！　敵はもう見えなくなってるぞ！　しかも、すさまじい速さで移動し続けてる！」

「わかってます。でも……できます。この魔蟲弓……じーさんの作った弓なら！」

☆

高速で逃げる超巨大毒蛾を倒すべく、俺は新兵器を使うことにした。

じーさんから譲り受けたこの弓……魔蟲弓は、実に手になじむものだった。

否、なじみすぎるんだ。

体と武器とが完全に一体化しているような錯覚を起こす。

「ガンマ、おまえ弓を引けるのか？　ヴィクター戦での戦いのダメージがまだ残ってるんじゃないのか？」

魔法飛行機をマリク隊長が操作しながら尋ねてくる。

ぐんぐんと上空へと上っていく俺たち……。

「大丈夫です。不思議と……体が軽いんです」

「軽い……？　そりゃどういう……っ⁉」

こちらを振り向いたマリク隊長が驚いている。

なんだ？

「おまえ……その体、その右腕！　どうなってるんだ⁉」

「右……ああ、ほんとだ」

魔蟲弓に触れている右腕が、まるで黒い甲冑でも着込んでいるかのように変質していた。

人間の肌じゃない。外装を取り付けてるんじゃなくて、皮膚が変質してるように思えた。

そして……この変化を見ても、俺の心はみじんも揺らがなかった。

「隊長……なんか、静かですね」

「静か……？」

「はい。なんか……すごい集中できるんです。雑音が消えて……今までより遠くまで景色が見えるんですよ」

魔法飛行機が飛んでいる風切り音が全く聞こえない。

強風にあおられ、空高く舞い上がっているというのに、外気を気にしない。

集中できてるってことだろうか。

「ガンマ……おまえ、大丈夫なのか？」

「ええ、はい。それはもう。絶好調ですよ」

「いや、体調のことを聞いてるんじゃ……ああくそ！　話は後だ！」

きっ、と魔法飛行機がその場で止まる。

……ああ、空が近い。

「これ以上は無理だ！　ガンマ！　頼むぞ」

「了解」

俺は弓を構えたまま……魔法飛行機から飛び降りる。

「ガンマぁあああああああああああああああああ！」

あのまま弓を打ったら、反動で隊長にまでダメージが及ぶ。

かといって隊長を降ろすわけにはいかない。

だから、俺が降りる。

すさまじい速さで俺が落ちていく。

でも……不思議だ。何もかもが気にならない。

この果てしなく続く青い空も、そして地の果てまでも……今の俺には見渡せそうだ。

鷹の目スキルを使っているのか？

いや、使っていなくても、俺の目は敵を……捕捉していた。

「目標捕捉。駆除する」

空中だろうがなんだろうが、今の俺には不可能はない。

万能感、とでも言うのだろうか。

落下していく恐怖も、外したらどうしようという焦りもない。

ただ、俺は。

弓を引く。それだけだ。

「破邪顕正閃」

☆

ガンマが魔蟲弓による一撃を放つ、少し前のこと。

超巨大蟲は毒蛾となって、空中を高速で飛翔していた。

この蟲は生まれたばかりの赤子。

理性も思考もほとんどもたない状態であった。

そんなときに、魔蟲の侵攻を阻む羽虫たちと出会った。

最初、羽虫たちのことを、邪魔くさい存在だと思った。

道を阻む壁というか、段差程度にしか思わなかった。

しかし、自分が羽化して、毒の鱗粉で人間たちを蹂躙したとき……。

毒蛾に一つの欲が生まれたのだ。

人間がもがき、苦しむ姿を見て、愉悦を覚えたのである。

もっとだ、もっとこの苦しむ様を見てみたい。

そう思って毒蛾は、より人間がたくさんいる方角へと向かって宙を駆けた。

自分がとおり過ぎる後には何も残らない。

自分の毒に大地も、木々も、空気も、蹂躙されていく。

自分以外の存在を踏み潰し、その命を奪う快感に、生まれたばかりの虫は捕らわれたのである。

【GIGIGI……!】

毒蛾は思った。この自分こそが、この世界の絶対的支配者ではないかと。

自分が努力せず、飛んでいるだけで、この星の命をたやすく奪えるのである。

この強さ。まさに支配者にふさわしい。

そうだ、自分は生まれながらに、弱者から搾取する存在だったのだ。

毒蛾は空を舞い、すべてを毒で侵しながら、己の存在意義を見いだしていた。

自分の歩む姿が、覇道を歩む王者のそれなのだと。

自分こそが、最強なのだ。
自分こそが……。
ゾクリ……！　と背筋に悪寒を感じたのは、そのときだ。
毒蛾は何が起きたのかわからなかった。
だが生まれて初めて抱いたその感情に困惑するばかりであった。
何かが、迫ってくる。
そう思った瞬間毒蛾は、全速力で半身をずらした。
そう、ずらしただけだ。なぜならそれしかできなかったのだ。
あまりに、速かったのである。
最初はあまりに早くて、流星でも降ってきたのかと思った。
だが違った。
放たれたそれの軌跡には、魔力が宿っていたのである。
生まれながらに魔力を感知できる魔蟲は、理解した。
誰かが魔法の力で自分を攻撃しているのだと。
そんなばかな。ありえない。
この絶対的な支配者たる自分が、敵の攻撃を視認できなかっただと？
そんなことはありえない。

自分の飛ぶ速さこそが世界最速で、自分こそが世界最強の存在なのだ……と。
……だが、思い上がりだったと毒蛾は気づく。
自分が避けた次の瞬間、第二の矢が飛んできたのだ。
これは避けることができなかった。
毒蛾は一対ある翅を、同時に失ったのである。
ありえない、なぜだ⁉
一発の矢で、どうして二枚の翅が消し飛ぶのだ⁉
困惑しながら空中落下する毒蛾は……見た。
人間ではありえない視力で……見た。
……目が、合った。
自分と同じ、魔蟲の強化された視力を持つ、狩人の存在を。
そう、やつもこの人間では視認不可能な距離からこちらを見ていたのだ。
そして……笑った。
……ぞくり。
先ほど自分が感じた悪寒を再び覚えた。
ああ……短い春だった。
毒蛾は理解する。

先ほどの早い一撃は……おとりだったのだ。
自分はもてあそばれていたのだ。
一発目の矢は脅しで、二発目で移動手段を奪い……。
そしてやつは、ゆうゆうと、やっと、とどめの一発を加えてきた。
動体視力を魔力で強化して、やっと、やつの全力の一撃を目で追えた。
黒い稲妻。そう形容するしかない。
やつの放った弓矢による一撃は、黒い魔力の矢となって襲いかかってくる。
それが通った後には何も残らない。
森も、大地も、空気も。
そして、日の光もだ。
すべてを食らいつくす覇王の一撃。
そう……そうだ。
自分は間違っていたのだ。
自分もまた捕食される側だったのだ。
もう毒蛾は逃げられない。
逃げようと意思を持った瞬間、黒い稲妻に体を焼かれた。
堅い外皮はボロボロと崩れ去っていく。

なんだこれはと驚く暇もなく、自分は敵の攻撃によって……命を食われたのだった。

☆

ガンマの上司マリク・ウォールナットは、今起きた現象を目撃した、ただ一人の人物だった。

「んだよ……今の……」

魔法飛行機から見た。

ガンマが、敵を仕留めるその姿を。

空中から落下しているというのに、彼は敵を確実に仕留めるために矢を複数放った。

そのどれもが、破邪顕正閃。

以前は一発打つだけでガンマの膂力に耐えきれず、弓が崩壊していた。

だが複数打っても、ガンマの新しい弓……魔蟲弓は壊れなかった。

そして、最後に放った一撃。

それはもう、レベルの違う攻撃だった。

放たれた黒い閃光は、周囲にあったすべてを飲み込んでいた。

大地も空気も、あの矢に吸い込まれていた。

超巨大毒蛾はガンマの新しい全力の一撃を受けて、消滅した。

「ガンマ……は！　ガンマ！」

魔法飛行機を操作して、ガンマの下へと急降下する。

彼は矢を打った後……気絶していた。

両手を広げて真っ逆さまに落ちていく。

「うぉおおおおおおおおおおお！」

地上が見えてくるタイミングで、なんとかガンマを回収することに成功。

魔法飛行機《マナ・バード》の座席にぐったりともたれかかる。

「ったくよぉ……無茶しやがって……」

気絶しながらもガンマは笑っていた。

何かにとても満足してるような、そんな笑みだ。

「全エネルギーを使ったんだな……打った後に、おれが回収してくれるって信じてたのか……ったく」

あの化物を倒せたこと、そして部下が無事だったことに安堵しつつも……。

マリクはこの先のことを思うと、素直に喜べなかった。

「あんな化物が、あと一歩のところで街にいくとこだった。ジョージ・ジョカリ……あいつがいるかぎり、今後もこういった危機は起きるだろう。となると、上もあいつを放置できない……か」

マリクは懐から葉巻を取り出して、火を付け一服吸う。
朝日が徐々に昇っていき、この荒野を照らす。
「………」
ジョージは今回の件で完全に、上からマークされることだろう。
そうなると、今まで以上に本気であの男を始末しようと考えるはず。
リヒターは、ずいぶんと迷っているようだった。兄を倒すことに対して。
だが、やらねばならない。
今回の勝利は本当にギリギリだった。
ガンマが覚醒していなければ……帝国は滅んでいただろう。
「ガンマ・スナイプ……か」
彼の左手には、新しい魔蟲弓。
さっきと違って、ガンマの右腕は人間のそれに戻っていた。
しかし、最後に見せたあの黒い一撃。
あれは、もはや人間のレベルを超えた一撃だった。
そう……まるで……。
「魔蟲族……か」
新人の体には何か秘密がある。

天才魔道具師であるマリクの目には、そう映った。

「はっ！　関係ねえ……。こいつは部下で、おれは上司。おれが、守るべき物の一つさ。こいつが誰であろうとな」

マリクは葉巻を吸い終わると、魔法飛行機《マナ・バード》を操作し、仲間たちの待つもとへと戻るのだった。

エピローグ

ガンマが新兵器で、超巨大毒蛾を消滅させた……一方。

その様子を遠くの丘から眺める、一人の男がいた。

「ふふ……面白い。実に、面白いよガンマ君」

リヒターの兄、ジョージ・ジョカリ。

人外魔境の丘から、彼はガンマの狙撃を目撃していた。

「魔蟲弓と一体化しての一撃……。あれはまさしく、魔蟲族のそれだった。やはり私の目に狂いはなかった。ガンマ・スナイプ。彼こそが、私の求める理想の最強種の姿……！」

思い人に恋い焦がれる乙女のように、ジョージは自分の体を抱きしめる。

「あれが自然にできたとしたら、奇跡としかいいようがない……。が、私はそうは思わない。あれは作られるべくして作られた、生物兵器。つまり、あれを計画した人物がよそにいるはず……」

表情を一転させ、悔しそうに歯がみする。

「私の理想を実現させた科学者がよそにいたってことか……実に気に食わないね。しかし……今はまだ、未完の傑作。完結させせない作品なんて意味がない」

ジョージは笑う。

「私が完成させて見せよう。ガンマ・スナイプ。君という最高傑作を！　この手で！　何を犠牲にしても、何を裏切ってでも！」

もはや魔蟲族側に与する理由はないのだが、しかし兵器を進化させるため必要なのは強敵。

人は、争いの中で進化し続けてきた。

種は、厳しい生存競争の中に、新たなる種族を生み出してきた。

「せいぜい利用させてもらうよ、魔蟲族。私の傑作《ガンマ》くんを作り上げるための、最高の当て馬としてね」

ジョージは高笑いしながら、その場を後にする。

すでに彼の中では、ガンマをいかに強く育てるかということしかないらしい。

彼を最後まで心配していた不出来な妹のことなど……もうすっかり忘れているようであった。

☆

……夢を見ていた。

幼い頃の夢だ。

俺は妹と一緒に人外魔境の大地で狩りをしていた。

でかいドラゴンと遭遇した。
そのときの俺はまだ未熟で、弓でドラゴンを倒せるほど強くはなかった。
妹はおびえて、その場にへたり込んでしまった。
俺は妹を守るために、弓矢で応戦した。
けれど俺の矢は竜の堅いうろこを突き破ることはできなかった。
竜が襲いかかる。
俺は妹を押し倒し攻撃をかわした。
けれど俺の背中にはかなりのダメージが入った。
どくどくと血が流れる。痛みで気を失いそうだ。
俺は必死になって意識を保とうとした。
ここで気絶したら、妹が死んでしまう。
……守らなきゃ。俺の大事な妹を、守らないと！
……そこから記憶が曖昧だ。
気づけば、ドラゴンが俺の前で倒れていた。
『ガンマ！　大丈夫か⁉』
俺たちを心配して、探しに来てくれたじーさんと狩人のみんながそこにいた。
そして……土手っ腹に大きな穴を開け、ぶっ倒れているドラゴンがいた。

じーさんたちが倒してくれたんだ。
ああ、これでもう安心だ。
そう思った俺は安堵し、緊張の糸が切れたのか、そのまま倒れ込んだ。
――もしも、それが自分のやったことだとしたら?
振り返るとそこには、もう一人の俺がいた。
ただし、髪の毛が真っ白の、俺だ。
誰だよ、おまえ……?
――俺はおまえだ。見ろ、そこのドラゴンを。
村の大人たちが倒したドラゴン。
これが、なんだってんだ?
――いいや、違うね。倒したのはおまえだガンマ。
白い髪をした俺が笑う。
右腕が、黒い甲冑のようなものに覆われていた。
それは、俺の右腕にも同じものが装着してあった。
剥がそうとしても、剥がれない。まるで皮膚の一部かのようだ。
――ガンマ。おまえは特別だ。いや、異端児と言ってもいい。
……異端?

――ああ、そうさ。おまえは人とは違う、じゃない。おまえは人じゃない。

……人じゃないだと？　ふざけるな、俺は人間だ！

――いいや違う。どこの世界に、こんなちび助の腕力で、分厚いドラゴンの肉を貫く一撃が放てるって言うんだ？

白い俺が指を指す先には、俺が仮に使っている小さな矢が、地面に突き刺さっていた。

――おまえは人じゃない。

違う！　俺は……。

――いずれわかる。いずれ、な。

☆

「……ここは」

「「ガンマ！！！！」」

俺をのぞき込んできたのは、胡桃隊のみんなだった。

メイベル、オスカー、リフィル先生、シャーロット副隊長、そして……マリク隊長。

「…………」

「フェリサ」

誰よりも先に、フェリサが俺の体にしがみついてきた。

ぎゅーっと思い切り抱きしめるその姿から、俺を心配してくれたのがわかる。

ぎゅううう……

「ごめんなフェリサ。心配させて」

ばきぼきごきごきばきべきぼきぼき……！

「ご……め……」

「フェリサちゃんストップストップ！　ガンマが死んじゃうからぁ……！」

メイベルの声が遠くに聞こえる。

万力のごとき力で、フェリサが俺の体を締め付けてきた。

ああ……それだけ心配してくれてたのか……。

すまなかったなぁ……。

「ガンマー！　死ぬなー！」「フェリサちゃん離してあげて！　ほんとに死んでしまうわよ⁉」

「………！」

リフィル先生かなこの声は……。

ふっ、と体が楽になったな……。

はは、フェリサ。しょうがないなぁおまえは……。

「おいやべーぞ！　ガンマのやつ、目がいっちゃってるぞ⁉」

「リフィルくん、早く治癒を……！」

まあでも……この賑やかさも、嵐の後の晴れやかな空と一緒って思ったら、へへ……わるくないなぁ。

ああ、なんだか体がぽかぽかしてきたぞぉ……。

「ガンマちゃん駄目よ⁉　そっちいっちゃだめ！」

「気をしっかり！　ガンマ！」

ああ……なんか……どっと疲れが襲ってきた……。

へへ……もうゴールしてもいいよね……。

「ガンマ！　いや！　いかないで！　ガンマぁああああああああああああああああああああああああああ！！！！！」

……その二日後、俺は帝都大学病院で目が覚めるのだった。

あ、はい、生きてます。

☆

俺はしばらく帝都大学病院で入院を余儀なくされた。

ある日の午後。

「おっす、ガンマ。お見舞いにきてやったぞー」

赤い髪のかわいらしい魔法使い少女が、俺の下へとやってくる。

「メイベル。お疲れ。仕事は？」

「ゆーきゅー！　ガンマにおやつ買ってきたよ！」

有休か。うちってそういう制度があるんだよな。

ほんと冒険者と違うことだらけだ。

「じゃじゃーん！　ちまたで大流行、エクレーアです！」

メイベルが俺の病室のテーブルにおやつをのっける。

なんか細長い、パンみたいなお菓子だった。

上にチョコレートがかかっていて実に美味しそう。

「帝都は旨そうなもんおいてるんだな」

「そうだよ！　ここは最先端科学の街だからねー！　一緒に食べよー！」

めっちゃ美味かった。

一口食べるごとに、中からとろっとしたクリームが出てきて、ほんとまじでうますぎた。

ややあって。

「メイベル。その……ありがとな」

「ん？　なにが？」

メイベルが食後のコーヒーをすすりながら、こてんと首をかしげる。

……その表情を見てると、自然と口の端がつり上がるのだが、なんでだろうか。

「あ、えっと……俺の矢文に気づいてくれただろ？　そんで、みんなを連れて駆けつけてくれたじゃんか。ありがとう」

ヴィクターとの戦いの時、俺はギリギリだった。

あのときに援軍が来なかったら、たぶん俺はあの場で死んでいただろう。

みんなに……そして、みんなを連れてきてくれたメイベルには、深く感謝してるのだ。

その謝意を、ちゃんと伝えておかないとって思ったんだ。

「気にしないで。仲間じゃん、あたしら」

「あ……」

……なんだろう。なんだか、胸が痛んだ。

どうしてだ？　メイベルは、仲間だから助けてくれたんだぞ。

そう……仲間のために……。

「……仲間だから、なのか？」

「え？」

知らず、不満げな言い方になってしまった。

きょとんとするメイベル。

だが……かぁ……とメイベルが顔を赤くしてうつむいてしまった。

「……ほんとはね、違うよ。仲間なのは、まあそうなんだけど、さ」

もじもじと身をよじりながら、彼女は前髪をいじる。

「ガンマが死んじゃうかもって知ったとき……あたし、もういても立ってもいられなかった。

あなたを失ったら、身体の半分がなくなっちゃうような……そんな感じがして……」

「それって……」

メイベルが俺と目を合わせると、ふにゃりと笑う。

照れくさそうなその姿を見て……俺は、なんだか直視できなかった。

鼓動が速くなる。なんだこれは……なんだ……。

「…………」

「「うぉおおおお！」」

ベッドの下からぬぅっ、と俺の妹、フェリサが顔を覗かせた！

えっ⁉ なっ、んで……⁉ てか、やべっ！

気づけば俺はメイベルと距離を開けていた。

カノジョもなんだか大げさに距離を取っている。

顔を赤くして、パタパタと手で顔を扇いでいた。

あ、あいつも照れてたのか……。

てことは……。
ぱち、と俺たちの視線が合う。
メイベルは照れくさそうにはにかむと、小さくうなずいた。
それって……。
「…………」ぎゅぅうう～～～。
「ふぇ、ふぇりふぁ……いふぁい……」
ベッドの上までいつの間にか移動していたフェリサが、俺の頬を引っ張ってきたのだ。
なまじパワーがあるので、すんごい痛い。
『兄さんたちがいちゃついてるから、フェリサ姐さん怒ってんやなー！』
「おまえ……リコリスじゃないか」
人外魔境の森で出会った、妖精のリコリス。
フェリサの頭の上に乗って足を組んでいた。
いや……なんで？　フェリサとリコリスが？
「あれ？　フェリサちゃん。それって……軍服？」
「…………」こくん。
ほんとだ。女性軍人が着ている、帝国式の軍服をフェリサが持っていたのだ。
ここに妹がいること、そして、軍服を持っていること。これから導かれるのは……。

「おまえ……軍に入ったのか？」

「…………」こくん。

『わいもー。マリクはんの許可はとっとるでー』

この妖精までも？

しかも、隊長からの許しまで出てるだって？

「フェリサちゃん。どうして軍に入ったの？」

じっ、とフェリサがメイベルを見つめる。

その目は……なんだか、敵を見るような目をしていた。

よじよじとフェリサが俺に近づいてきて、頬に……。

チュッ……。

「おまえ……何してるんだよ？」

「…………」むぎゅー！

フェリサがまた強く抱きしめてくる。

痛い痛い痛い痛い……！

「ふぇ、フェリサ……中身出るからやめて……」

しかしキスか。まあいきなりだったが、まあ別に驚きはしないな。

小さい頃はよく、キスしてきたし。

『いや兄さん、それ昔の話やんな』

「そういやおまえ、心読めるんだったな」

『せやで！　だから、フェリサ姐さんの翻訳係にもなるし！　しかも、敵側に捕まっていたときもあったさかいな、お役に立てると思うでー！』

……なるほど。隊長は、フェリサの戦闘力、リコリスの情報と妖精としての力を見込んで、胡桃《くるみ》隊にスカウトしたわけか。

フェリサが軍に入った動機は、まだわからないが……。

まあ、頼もしいことは確かだ。

「よろしく、フェリサ。それに、リコリスも」

『よろしゅーな！』

フェリサは俺を見上げてにこりと笑って……本当に小さな声で言う。

「…………よろしく、兄さん。大好き♡」

おまけ　お見舞い合戦

人外魔境から帰ってきた俺は、しばらくの入院生活を余儀なくされた。

色々無理したから、体が割とボロボロだったらしい。

帝都にある病院にて。

「ガンマ様♡」

「あ、アルテミス皇女！」

病室に、俺たちの上司であり、この国の皇女アルテミス＝ディ＝マデューカスがやってきたのである。その手には果物の入った籠が握られていた。

「お、お久しぶりです。どうしたんですか？」

すると皇女はむくれた顔になって俺に言う。

「見舞いにきたに決まってるじゃないですか……」

「見舞い……俺なんかのために？」

「当たり前です♡　あなたは私の、大事な人なのですからっ」

なるほど、大事な部下《ひと》……か。

部下を部品ではなく、仲間だと思ってくれているようだ。いい人だ。

皇族なのに偉ぶらないしな。

アルテミス皇女は俺の隣に座り、テーブルの上にフルーツ籠を置いて尋ねる。

「お加減はいかがですか？」

「問題ないです。不思議と、体に痛みはないんですよ」

あんだけ無茶したのにな。

「そうですか……ほんと、無事に帰ってきてくれて、嬉しいです」

部下の無事をこうして喜んでくれるの、ホントうれしいな。

「そうですわ！　ご、ご褒美をあげないとですねっ」

「え？　ご褒美？」

「ええ！　だって危険な任務を見事遂行したのですもの、あってしかるべきかと！」

「いいですよ。仕事で行ったんですし」

自分で志願していったわけでなく、仕事の一環だったわけだからな。

「いえ！　ご褒美は必要です。というわけで……ん～♡」

目を閉じて顔を近づけてくる。

なんだ？　なにをするつもりなんだ……？

「ちょいちょいちょぉぉおおおおおおおおおおおおおい！」

ばーん！　と病室の扉が開くと、メイベル・アッカーマンが入ってくる。

その髪の毛と同じくらい、顔を真っ赤にしていた。

「アルテミス様っ。なーーーーーーーーに抜け駆けしてるんですかぁ⁉」

抜け駆け？

ずんずんと近づいてきて、アルテミス皇女をぐいっと俺から引き剥がす。

「ガンマは今怪我してるんで！　不用意な接触はお控えください！　どんとたっち！」

「むぅ！　邪魔しないでくださいメイベルっ！　今大事なことを……」

そこへ……。

「あらぁ？　ラブコメの波動を感じるわねぇ」

「……ガンマさん。お加減はいかがですか？」

「きょうだいぃい！　ずるいぞぉお！　女子の間に挟まるなんてぇええ！」

胡桃隊の面々が俺のもとへやってきてくれた。

俺のために……お見舞いに来てくれたのか……くっ。

「…………」

にゅ、とフェリサが、俺の前に顔を覗かせてくる。

そして、俺に抱きついて、頬をぺろりと舐めてきた。

「なっ⁉　何を……⁉」

「…………」むふー。

驚くメイベルとアルテミスをよそに、フェリサが満足げにうなずく。

「妹は感覚が鋭いので、生物の体液から相手の体調がある程度わかるんです。どうやら俺の体はいい感じのようです」

するとメイベルが恐る恐る聞いてくる。

「が、ガンマ……その、今ぺろぺろされて、動揺してなかったけど……もしかして慣れてるの？」

「え、まあ。故郷にいたときは毎朝やってきてたけど」

まあスキンシップの一環だからな。別に驚きはしない。

するとメイベルたちが俺に指を指して言う。

「「……ふ、不潔！」」

不潔って……えぇー……。

「おいきょうだいぃぃいい！　美少女フェリサちゃんに毎朝顔ペロされるなんて！　羨ましすぎるぞこのやろぉおおおおおおおお！」

オスカーが近づいてきてヘッドロックをかけてくる。

いたたた……。

「フェリサちゃん！　ボクにもペロペロしてくれないかいぃ⁉」

「………」のー。

「だめだってさ」

「なんでさぁあああああああああああああ!」

……その後、みんなでトランプしたり、雑談したりした。

たくさんの人たちにお見舞いしてもらえて、俺はすごい楽しかったし、うれしかったのだった。

あとがき

作者の茨木野です。狩人二巻お手にとってくださり、ありがとうございます！

二巻はガンマの故郷へ、魔蟲族の調査へ出掛ける展開となっております。新キャラとして妹のフェリサちゃん（褐色＋巨乳＋蛮族）、妖精のリコリスちゃん（関西弁妖精）が出てきます。どっちも僕のとても好きなタイプのキャラなので、お気に召していただけると幸いです。

スペースがないので謝辞に移らせてもらいます。イラストのへいろーさま、今回も素晴らしいイラストありがとうございます！　フェリサいいっすね！　最高っす！　編集のH様、今回も素敵な本に仕上げてくださり、ありがとうございます！　そのほか、本作りに携わってくださった皆様、そして読者の皆様に最大限の感謝を！

最後に二つ、宣伝です！　その一！　本作コミカライズします！　乞うご期待！

その二！　別作品ですが、今月もう一作、新刊が発売されております！

「追放された鍛冶師はチートスキルで伝説を作りまくる」こちらMノベルスから発売！

以上です！　今後ともよろしくお願いします！

二〇二三年七月某日　茨木野

MONSTER bunko

S級《えすきゅう》パーティーから追放《ついほう》された狩人《かりうど》、実《じつ》は世界最強《せかいさいきょう》 ～射程《しゃてい》9999の男《おとこ》、帝国《ていこく》の狙撃手《そげきしゅ》として無双《むそう》する～②

Mい03-02

2023年7月31日　第1刷発行

著者　茨木野《いばらきの》

発行者　島野浩二

発行所　株式会社双葉社
〒162-8540
東京都新宿区東五軒町3-28
電話　03-5261-4818（営業）
　　　03-5261-4851（編集）
http://www.futabasha.co.jp
（双葉社の書籍・コミック・ムックが買えます）

印刷・製本所　三晃印刷株式会社

フォーマットデザイン　ムシカゴグラフィクス

ISBN978-4-575-75328-8　C0193
Printed in Japan